LE CIMETIÈRE DES RÊVES

DU MÊME AUTEUR

HISTOIRE DE ZAHRA, Jean-Claude Lattès, 1985 ; Babel nº 378.
FEMMES DE SABLE ET DE MYRRHE, Actes Sud, 1992 ; Babel nº 137.
POSTE RESTANTE BEYROUTH, Actes Sud, 1995 ; Babel nº 954.
LE CIMETIÈRE DES RÊVES, Actes Sud, 2000 ; Babel nº 535.
LONDRES MON AMOUR, Actes Sud, 2002 ; Babel nº 1026.
TOUTE UNE HISTOIRE, Actes Sud, 2010 (prix Lorientales 2011, prix du roman arabe 2011) ; Babel nº 1269.
LA MAISON DE SCHÉHÉRAZADE, Actes Sud/Sindbad, 2014.

Les nouvelles traduites dans ce recueil sont tirées
de *Wardat al-sahrâ'* (Al-mu'assasa al-jâmi'iyya li-l-dirâsât
wa-l-nachr, Beyrouth, 1982)
et de *Aknusu al-chams 'an al-sutûh*
(Dâr al-Âdâb, Beyrouth, 1994).

ISBN 978-2-7427-3817-5

HANAN EL-CHEIKH

LE CIMETIÈRE DES RÊVES

nouvelles traduites de l'arabe (Liban)
par Yves Gonzalez-Quijano

BABEL

LE CIMETIÈRE DES RÊVES

Farid, mon fiancé, avait insisté pour que je l'accompagne, avec les siens, sur la tombe de sa grand-mère, la veille de la fête. Je croyais qu'il n'y avait plus que les gens âgés pour suivre cette coutume, ou des personnes isolées qui trouvaient un réconfort à s'asseoir près de leurs morts. Je ne me souviens pas qu'on ait jamais respecté cette tradition chez moi lors des grandes fêtes religieuses, et encore moins les vendredis. Petite, j'aurais bien voulu que quelqu'un meure dans la famille, quelqu'un que je n'aurais pas bien connu, pour aller au cimetière que j'avais aperçu un jour où j'avais raccompagné notre cuisinière. Cette vision était restée gravée dans ma mémoire. Je m'étais imaginé que les morts devaient vivre dans ces constructions que l'on voyait érigées au-dessus des tombes, mais d'une façon différente de la nôtre. Ils se déplaçaient sans faire de bruit, ou alors ils restaient allongés tout le temps.

A cette époque, je trouvais que les maisons dans le cimetière avaient quelque chose d'étrange, de bizarre, avec leurs coupoles décorées, couleur de terre, entourées de quelques arbres poussiéreux, avec, tout au fond, des dunes parfaites pour se laisser rouler dans le sable. J'avais entendu des chiens aboyer, des chats miauler, et j'en avais conclu, sans la moindre hésitation, qu'ils devaient être les gardiens du lieu.

Arrivée chez les parents de Farid, j'allais ouvrir la bouche pour répondre à son père qui m'accueillait sur le pas de la porte quand sa mère a surgi de je ne sais où pour me demander, sur un ton de reproche, pourquoi je n'avais pas mis mes boucles d'oreilles avec les diamants.

— Pour aller au cimetière ? me suis-je étonnée.

— Et pourquoi pas ? Tout le monde sera là, et après les gens diront que vous n'avez rien reçu d'autre comme cadeau que la bague de fiançailles !

Elle a disparu pour revenir l'instant d'après avec une broche montée de pierres précieuses, qu'elle a voulu agrafer à ma robe. Je me suis reculée en lui expliquant aussi diplomatiquement que possible que je ne portais pas ce genre de bijoux.

— Très bien, a-t-elle répliqué en s'empressant de retourner dans sa chambre, je vous passerai mon collier de marcassites, mais tout le monde le connaît.

J'ai jeté à Farid un regard de détresse.

— Je n'ai pas envie qu'elle porte de bijoux, a-t-il tranché.

A ce moment-là seulement, elle a daigné remarquer les roses blanches que j'avais apportées. Elle me les a prises des mains, les a portées à son nez, s'est extasiée sur leur arôme et les a tout de suite mises dans un vase avec d'autres fleurs.

J'avais acheté mon bouquet, après bien des hésitations à cause de son prix, en pensant qu'on ne pouvait pas laisser se perdre une telle beauté et un tel parfum. Pour me décider, je m'étais dit que ce n'était pas pour moi. D'ailleurs, il ne fallait plus que je me sente coupable chaque fois que je m'offrais quelque chose d'un peu cher puisque l'homme que j'allais épouser était vraiment très à l'aise financièrement.

Farid a expliqué à sa mère que les roses étaient destinées à la tombe. "C'est trop dommage, a-t-elle répliqué tout en continuant à les disposer dans le vase, elles sont si jolies." Sur un signe de Farid, j'ai parcouru la pièce du regard pour me donner une contenance, faussement intéressée par le contenu des paniers posés à côté de la porte. Il y avait les gâteaux qu'on prépare spécialement pour ce jour particulier, des pains d'une forme étrange, des vêtements et des chaussures, visiblement usagés.

Je me suis assise à l'avant, à côté de mon fiancé, tandis que ses parents, ainsi que sa jeune sœur, prenaient place sur la banquette arrière. Nous n'étions encore qu'à la veille de la fête mais les rues étaient déjà pleines d'une foule bruyante et détendue. Je me souvenais qu'enfants nous nous dépêchions de rentrer à la maison pour faire couler le sable, couleur de pêche, qui s'était infiltré dans nos chaussures et dans nos chaussettes. Chaque année, j'avais l'impression que c'était la première fois. Ma mère préparait la *knaffa* sur un grand plateau que nous allions porter au four du boulanger. Nous avions beau rester plantées devant l'ouvrier que nous ne quittions pas des yeux, il sortait toujours notre plateau trop tard et le gâteau était dur comme la pierre. Cela ne nous empêchait pas de le dévorer avec appétit. Je me souvenais du sac à main, des chaussettes que nous arborions, même si la fête tombait en plein été, des souliers vernis et des rubans dans nos cheveux. En courant, nous faisions le tour de toutes les maisons où vivaient des personnes de la famille, et tant pis si elles habitaient loin ou si nous les connaissions à peine ! On frappait à la porte pour souhaiter une joyeuse fête, même lorsque cela nous était bien égal. On ne croyait pas tout à fait l'oncle qui se plaignait de ne pas avoir de monnaie sur lui. On restait un bon moment assises sur le pas de sa porte, avant de courir vers les balançoires et les vendeurs de friandises, en se demandant s'il était vrai, comme l'affirmaient certains, qu'on allait prolonger les vacances d'un jour ou deux pour le plus grand bonheur des petits.

La veille de la fête, la coutume veut qu'on passe toute la journée au cimetière. Il y avait des enfants partout, avec des vêtements colorés, des haut-parleurs qui diffusaient des versets du Coran, mais aussi, ailleurs, des chansons, des vendeuses de dattes fraîches avec leurs longues branches de palmier. L'une des femmes fumait, les autres éclataient de rire ce qui faisait tressauter la peau de leur cou, couverte de tatouages... Des échoppes ambulantes proposaient des falafels et de la purée de fèves, des jus de fruits et des amuse-gueules dans des bocaux de toutes les couleurs. Il faudrait que j'en achète un pour la maison, ai-je pensé. Tout le monde était agglutiné devant l'entrée du cimetière. La mère de Farid s'est arrêtée au premier étal rencontré sur sa route pour acheter une montagne d'oranges et de mandarines, ainsi que des palmes. Elle a marchandé avec la vendeuse à la bouche édentée, assise par terre, lui a glissé quelque chose dans la main et s'en est allée. "Madame, madame !" appelait la vendeuse en essayant de se relever. J'ai glissé à l'oreille de Farid de lui payer ce qu'elle voulait : "La pauvre, un jour comme aujourd'hui !..."

Nous avons rejoint sa mère, élégante en dépit de son embonpoint. Elle courait sur le chemin comme une gazelle, malgré la boue, la poussière et les gravillons. A la main, elle tenait ses dernières emplettes, laissant les autres porter les paniers préparés à la maison. Je me trouvais à côté de la sœur de Farid qui avait l'air de se morfondre. Elle a regardé sa montre et m'a demandé si le soleil allait bientôt apparaître. "J'ai envie d'aller au club nager un peu et me dorer au soleil", m'a-t-elle chuchoté à l'oreille en guise d'explication. Je lui ai répondu par un sourire.

Le bruit était assourdissant. On raclait des marmites, des groupes de femmes avaient envahi toutes les allées au milieu des tombes et cuisinaient sur des réchauds à gaz, parmi les cris des enfants et les psalmodies des récitants qui entraient et sortaient des mausolées réservés aux familles les plus riches. Malgré tous leurs efforts pour se faire entendre, les auditeurs devaient tendre l'oreille pour distinguer quelque chose des prières. Il faut dire que la plupart des récitants étaient très âgés, même si d'autres, plus jeunes, restaient à l'extérieur, appuyés contre un mur, avec l'air de s'ennuyer ferme. J'ai aperçu la mère de Farid qui courait d'un homme à un autre pour leur demander de venir. Tous promettaient de se présenter un peu plus tard, guidés par le gardien. Un des plus jeunes lui a proposé ses services mais elle a fait semblant de ne pas l'avoir remarqué. Elle a expliqué à Farid, agacé de la voir se comporter ainsi : "Dieu écoute davantage les prières des plus âgés." Sans doute parce qu'un visage trop jeune n'est pas encore suffisamment marqué par les peines et les douleurs !

Nous sommes entrés dans le jardinet devant le mausolée familial. Il y avait des tombes ornées d'inscriptions en lettres blanches et roses. Farid a expliqué que c'étaient là que reposaient son arrière-grand-père et ses frères. Ils avaient voulu être enterrés à l'extérieur, dans ce jardin qui avait dû être entretenu et même arrosé récemment. Nous avons pénétré à l'intérieur du mausolée, où se pressaient d'autres membres de la famille en compagnie d'un lecteur de Coran, avec devant eux des assiettes remplies de dattes et d'autres petites choses à grignoter. On avait également disposé des branches de palmier en guise de décoration.

— Pourquoi faut-il s'asseoir à l'intérieur ? ai-je demandé.

Ma future belle-mère n'a pas pu retenir une expression d'accablement, et même d'irritation :

— Mais on est supposé avoir passé la nuit ici !

Personne n'a fait le moindre commentaire et, à ma grande surprise, tous ceux qui étaient déjà là se sont levés pour saluer les arrivants, sans prêter la moindre attention au récitant. Il y avait le grand-père de Farid et ses trois tantes, dont deux étaient accompagnées de leur mari et de leurs enfants. On nous a proposé de vieilles chaises en bois, visiblement au rebut depuis longtemps. Tout le monde s'est assis sauf la mère de Farid qui avait entrepris de disposer les palmes qu'elle avait achetées sur les tombes, au point de les masquer presque entièrement. Ensuite, elle a sorti les gâteaux et les pains de la fête, des dattes, des morceaux de concombre et des mandarines, sans oublier le thé. Puis elle a mis de côté dans un sac quelques pâtisseries et quelques dattes pour les donner au lecteur qui a arrêté sa récitation et marmonné un remerciement avant de confier le paquet à son fils, assis par terre devant lui. Celui-ci s'en est saisi, tout en continuant à compter des billets et des pièces de monnaie qu'il fourrait dans sa poche.

Quand la mère de Farid lui a demandé combien ils prenaient par famille, l'enfant a répondu, d'un air rusé :

— Tout dépend du temps qu'on nous demande.

— Combien ? Comme l'année dernière ? a-t-elle suggéré insidieusement.

— L'année dernière, c'était l'année dernière ! a répondu l'enfant non sans malice.

Tout en examinant le sac, il a avancé un chiffre qui a fait sursauter son interlocutrice :

— Aussi cher que chez le docteur !

Mon regard a croisé celui de Farid et nous avons failli éclater de rire, avant d'être distraits par l'entrée bruyante du gardien. Il était accompagné d'un cheik qui a voulu battre en retraite dès qu'il a entendu la voix de son collègue. Mais la mère de Farid s'était précipitée pour le conduire par la main là où se tenait sa fille, sans s'arrêter aux évidentes marques de désapprobation de la part des autres membres de la famille.

— Mais je peux pas prendre ce qui revient aux autres, protestait le cheik.

— Installez-vous, l'a-t-elle interrompu. Il aura son dû, et vous aussi.

Obéissant, le cheik s'est assis et s'est mis à écouter son collègue en rythmant la récitation de hochements de la tête. Les tantes avaient l'air outré. L'une d'elles a poussé un grand soupir tandis que les autres regardaient ouvertement ailleurs.

— Ce n'est pas un jour comme les autres, tout de même, a commenté la mère de Farid. Comme ça, nos morts iront au paradis !

Elle s'est approchée du gardien en comptant à voix haute les pièces de monnaie qu'elle lui glissait dans le creux de la main. Après les vœux de bonheur d'usage, elle lui a demandé :

— Après, ce ne sera pas ouvert à tout le monde ici, dès qu'on aura le dos tourné ?

— Je suis armé pour quoi faire, alors ? a répondu l'autre.

— On se comprend… J'ai entendu dire que le gardien d'avant ne se gênait pas. C'était comme un hôtel ici !

— C'est pour ça qu'il n'est plus gardien, a repris l'homme. Vous savez bien que je ne laisse même pas les enfants s'approcher d'ici.

J'ai cru que l'heure de la libération approchait en sentant des effluves de viande grillée. Le lecteur aveugle s'est levé pour sortir, guidé par son fils, et l'autre s'est mis à réciter des prières. Du regard, j'ai inspecté la pièce où nous nous tenions, observant les visages des personnes présentes, celui des trois tantes en particulier qui regardaient tantôt dans ma direction, tantôt dans celle de la mère de Farid. Quand nos yeux se rencontraient, nous échangions un demi-sourire, comme si elles acquiesçaient à ce que je me disais : "C'est vrai, la mère de Farid est impossible mais je n'ai rien à voir avec elle. Tout le monde aime bien Farid dans la famille, même s'il écoute un peu trop ce que lui dit sa maman."

Le récitant a fait une pause pour s'éclaircir la voix et une des tantes en a profité pour me confier que j'étais encore plus jolie que ce qu'on lui avait affirmé. Elle était désolée que la maladie l'ait empêchée d'assister à nos fiançailles. Une autre m'a demandé si nous avions trouvé un appartement et dans quel quartier nous pensions habiter. Au début, je répondais à leurs questions en toute innocence mais les réactions qui se peignaient sur leurs visages, ainsi qu'un regard appuyé de Farid, m'ont fait deviner que le sujet était sensible. De fait, sa mère est intervenue dans la conversation pour expliquer qu'il n'y avait pas lieu de se précipiter d'autant plus que la chambre de Farid était très grande.

Je leur ai également raconté que nous pensions faire un mariage très simple, en n'invitant que la famille proche. Comme si elle n'avait rien entendu, la mère de Farid a parlé de louer un salon dans le plus grand hôtel de la ville. Quand je leur ai annoncé que je porterais pour l'occasion une robe ancienne, datant des années 1920, elle n'a pas pu masquer son inquiétude. C'est alors que j'ai compris que les hostilités étaient déjà ouvertes et que j'aurais mieux fait de me taire. Les regards qu'elles échangeaient à chacune des réponses que je donnais à leurs questions pleines de sous-entendus m'ont fait comprendre qu'elles se servaient de moi pour s'en prendre à ma future belle-mère. Celle-ci s'est récriée :

— Dieu nous en préserve ! Tu porterais pour ton mariage une robe faite pour une autre ? Jamais de la vie !

Enfonçant le fer dans la plaie, une des tantes m'a alors demandé si c'était une robe blanche.

— Blanche ou noire, peu importe, a explosé la mère de Farid, tout cela n'a aucun sens. C'est Maryse qui lui fera sa robe, je le lui ai déjà promis. Sinon, elle serait fâchée.

— Fâchée, s'est étonnée l'autre, elle a déjà du travail par-dessus la tête. Elle sera ravie, oui !

— Oh je sais bien que vous êtes jalouses parce que c'est Maryse qui va lui coudre sa robe de mariée ! a repris la mère de Farid.

A cet instant, j'avais totalement oublié où je me trouvais. Avec ces murs gris, cette rangée de chaises qui masquaient les tombes de toute manière recouvertes de palmes, nous aurions pu nous trouver dans n'importe quel salon. Le mari d'une des tantes est intervenu pour prendre le parti de sa femme, suivi par le père de Farid qui a voulu détourner la conversation en demandant si les vêtements étaient bien pour le gardien.

— Mon Dieu ! Je les ai oubliés ! s'est écriée sa femme avant de lui chuchoter quelque chose à l'oreille.

Il n'a fait aucun commentaire. Se dirigeant vers un petit réchaud à gaz que je n'avais pas remarqué jusqu'alors, dans un coin de la pièce, elle a proposé du thé.

— Qu'est-ce que vous pensez d'agrandir la tombe ? a-t-elle demandé à la cantonade en allumant la flamme. Il faudrait une autre pièce, un petit coin pour la cuisine et des commodités.

Personne n'a répondu, chacun poursuivant sa propre conversation.

— Il va falloir agrandir la tombe. D'ailleurs, mon mari est bien de cet avis. Qu'est-ce que vous en pensez ?

Une des tantes a répondu d'un ton mordant :

— Agrandir ? On dirait que tu parles d'une maison ordinaire ! Et les tombes à côté ?

— Je veux dire qu'il faudrait acheter une ancienne concession abandonnée.

— Et nos morts iront se mélanger avec ceux des autres, l'a coupée une autre tante, c'est insensé !

— Alors, il n'y a qu'à acheter un terrain libre, même si c'est un peu plus loin.

Tout le monde a voulu donner son avis. Les enfants chuchotaient en riant dans un coin.

Farid s'est avancé vers moi, pour m'offrir un thé.

— Vous en dites quoi, alors ? a insisté sa mère.

— Ce qu'on en dit, lui a répondu une des tantes, c'est qu'on n'a pas d'argent à dépenser pour une tombe ou quoi que ce soit de ce genre.

— Dieu merci, a repris l'autre, triomphante, les affaires de Farid marchent bien, alors...

J'ai jeté un regard désespéré à Farid qui a secoué la tête, comme pour appeler à l'aide :

— Mais tu n'avais pas besoin de dire ça !...

A l'évidence, aux yeux de sa mère, cette intervention mesurée était une manière de se ranger du côté des tantes. Elle a néanmoins poursuivi :

— Eh bien, grâce à Dieu, tu as de quoi payer pour une nouvelle tombe !

Son fils restait silencieux et elle a eu un air de triomphe, comme un chat qui a enfin attrapé la souris qu'il guettait depuis longtemps. Mais les autres ont coupé court à sa victoire :

— On sait bien ce qui t'intéresse : tu veux pouvoir aller raconter en ville que la famille a une grande tombe, une vraie villa, comme celle de Mme Je-ne-sais-qui.

— Et alors, s'est récriée la mère de Farid, est-ce qu'il ne faut pas un minimum d'espace quand on va voir ses morts ? Il faudrait qu'on ait une pièce de plus ici !

— On n'a qu'à reprendre celle que tu as donnée au gardien, a rappelé une des tantes.

— Au moins, il y habite seul avec sa femme, a répliqué la mère de Farid. C'est quand même mieux que d'avoir toute une famille avec des mioches faisant les singes sur les tombes, sans aucun moyen pour les faire déguerpir.

— Quel est le problème de se faire enterrer dans le jardin ? Non, il faut que cela se fasse absolument dans le mausolée ?

— Ton arrière-grand-père a voulu être enterré dehors, il était libre. Mais moi et ma famille, on veut être enterrés dedans.

Le père de Farid est intervenu à son tour pour expliquer à voix basse, comme si c'était un secret :

— Ecoutez-moi : les terrains valent de l'or ici. Les tombes se vendent au prix de vrais appartements. Et puis, est-ce que notre famille n'a pas le droit de faire aussi bien que les autres ?

— Je sais bien, lui a répondu sa sœur. Mais est-ce qu'on peut rester les bras croisés en vous laissant tout payer ? Tu sais bien que les enfants sont encore à l'université, qu'il y a les crédits et tout le reste...

Son mari l'a interrompue :

— Moi, je suis prêt à payer tout ce que vous voudrez.

La mère de Farid ne devait pas être satisfaite de cette dernière proposition :

— De toute façon, ta femme ne sera pas enterrée ici, elle ira dans le caveau de ta famille.

Ignorant cette intervention, la tante a continué :

— Regardez autour de vous : on ne peut pas dire que ce soit petit ici, il y a tout de même de la place !

La réplique de la mère de Farid devait me frapper comme une gifle. Jusque-là, j'assistais à la discussion comme si je n'étais pas concernée par toutes ces allusions perfides échangées à quelques pas de ces tombes paisibles. Je me disais que ce devait être une sorte de jeu entre eux. De toute manière, cela ne me concernait en rien, même si Farid décidait de participer financièrement à l'opération. Elle s'est levée pour gagner le milieu de la pièce en protestant :

— Non, ce n'est pas si grand que cela. Là il y a ma tombe, celle de mon mari, et puis du côté de Farid ils seront deux, sans compter les enfants…

J'ai pris peur à ses paroles. La mort n'était pas aussi loin que je me le figurais, en toute innocence. J'ai protesté, en m'efforçant d'avoir l'air de plaisanter :

— Vous parlez déjà de notre enterrement alors que nous ne sommes pas encore mariés ?

— Non, c'est seulement que les prix flambent, a insisté le père de Farid.

Je savais que tout le monde avait les yeux fixés sur moi, et en particulier les tantes qui auraient bien voulu que je les aide à échapper aux griffes de leur belle-sœur. Mais j'étais bien en peine de me sauver moi-même, terrifiée à l'idée que j'allais me retrouver un jour ou l'autre dans une tombe comme celle-ci, à côté de celle de Farid et de celles de mes enfants… Nous finirions tous ici, nous, nos enfants et les enfants de nos enfants. On viendrait s'asseoir dans ce mausolée, pour boire du thé, discuter et grignoter des dattes…

Les protestations des femmes, accompagnées par les voix de leurs maris, m'ont ramenée à moi-même. Farid s'est approché pour me réconforter et j'ai bredouillé :

— Comment penser que…

Il a pris ma main pour me calmer. Je ne sais pas comment sa mère a pu distinguer ce que j'avais à peine entendu moi-même et répliquer :

— Nous sommes tous dans la main de Dieu.

Hors de moi, sans réfléchir à ce que je disais, comme une enfant qui fait un caprice, je lui ai répondu :

— Mais je ne veux pas être enterrée ici !

— Mais c'est obligé, dès lors que vous ferez partie de la famille. Même les vôtres, ils ne voudraient pas que vous reposiez avec eux.

J'avais l'impression qu'elle m'enterrait vivante.

— Non ! Non ! ai-je protesté en me précipitant vers la porte.

Elle n'a pas eu la moindre réaction, même quand Farid m'a rattrapée et s'est tourné vers elle pour lui demander d'un ton de reproche :

— Alors, tu es contente ?

— Mon chéri, il faut bien qu'elle sache que quand on vit chez nous on est enterré chez nous aussi.

Je me suis dégagée et je suis partie en courant. Farid a essayé de me rattraper. Je me suis arrêtée dans la cour pour reprendre mes esprits et il m'a retrouvée, appuyée contre une tombe, en train de resserrer la bride d'une de mes sandales. Des enfants jouaient à la balle, sans se soucier de ce que leur disaient leurs grand-mères et leurs mères, qui se reposaient un peu après de longs préparatifs culinaires. "Les morts doivent se retourner dans leurs tombes en les entendant galoper ainsi", protestait une d'entre elles.

J'ai fini par me ressaisir, peut-être grâce au spectacle de cette vie ordinaire, de cet oiseau qui parcourait le ciel, sans prêter attention à ce qui se passait en dessous de lui. Nous nous sommes arrêtés à côté de la voiture. Je savais qu'il fallait attendre les autres. J'avais envie qu'il cesse de me tenir serrée contre lui. J'ai détourné le visage pour contempler la lessive qu'on avait mise à sécher au-dessus d'une tombe, une bassine vide abandonnée là, un plat posé sur une autre pierre tombale, comme si c'était une table. Les gens étaient venus s'installer en cet endroit à cause de la crise du logement. Ils avaient occupé le mausolée familial, celui de leurs voisins. On les louait comme s'il s'agissait de maisons normales, on y vivait une vie ordinaire. Des antennes de télévision se dressaient là où la mère de Farid songeait à agrandir.

En apercevant au loin la petite troupe qui s'avançait vers nous, j'ai eu l'impression que le souffle me manquait. Ainsi, nous ne faisions qu'une seule famille ? Nous vivions ensemble et nous allions mourir ensemble ?

Son mari lui avait certainement enjoint de se taire, parce que la mère de Farid n'a pas ouvert la bouche dans la voiture. Sa sœur a voulu arranger les choses et elle a entrepris de parler du frère d'une de ses amies, un sociologue qui préparait une étude sur les habitants de la cité des morts : comment les femmes qui lançaient des youyous de joie pour fêter la naissance d'un enfant se mettaient brusquement à pousser des lamentations en voyant arriver un convoi funèbre, tandis que les hommes allaient demander à ceux qui écoutaient de la musique ou les informations dans les tombes voisines de faire silence, jusqu'à la fin de la cérémonie qui marquait le retour à la vie normale.

Mais je suis restée silencieuse. Au milieu de leurs discussions animées, je me sentais pareille à la fourmi que j'avais observée sur une tombe, allant de l'avant, sans but précis, sans savoir qu'un talon de chaussure pouvait mettre brusquement un terme à son existence. Je savais que j'avais renoncé à me marier, que je ne désirais rien d'autre que de quitter cette voiture avant d'être dévorée toute crue par la mère de Farid. Les trois tantes étaient autant de sorcières prêtes à me livrer au diable. Un moment, j'ai pensé expliquer à Farid que ce n'était pas la visite au cimetière qui m'avait fait changer d'avis, non plus que l'idée de ma future sépulture. Au contraire, j'avais été heureuse de voir toute cette animation, ces tombes transformées en un lieu de vie plein de bonheur. Je détestais la solitude, je l'évitais autant que possible. Mais j'ai gardé pour moi la phrase que j'allais prononcer en repensant à cette scène dans le mausolée, en me rappelant ces voix qui résonnaient encore à mes oreilles :

"En fait, morte ou vive, j'aime autant être seule."

AUSSI VIEILLE QUE LA FOLIE

Je me précipite sur ma belle-mère pour la mordre au nez. D'ailleurs, je l'ai toujours détesté, ce nez ! Hier, je l'ai mise à la porte avant de lui renverser la poubelle sur la tête, depuis le balcon, au moment où elle montait dans sa voiture. Je jette sur elle des fleurs de frangipanier et je lui chante un petit air en lui passant autour du cou un collier de jasmin. Je la serre contre moi, j'embrasse ses joues, ses mains, presse mes lèvres contre son écharpe de soie que j'ai étalée par terre et je lui demande pourquoi on ne monterait pas dans un des carrosses qui sont imprimés sur le tissu. Elle essaie de m'échapper, elle s'efforce de retrouver ses esprits, elle cherche à me raisonner puis, désespérée, se met à crier. Elle hoche la tête et supplie le ciel de lui dire quel crime elle a commis pour mériter un tel châtiment : "Mais qu'est-ce que j'ai fait au bon Dieu ? J'ai seulement choisi une épouse pour mon fils en me disant qu'elle venait d'une bonne famille !" En écho à ses prières, je jette mes jambes en l'air en demandant à Dieu de m'expliquer pourquoi j'ai si chaud et de m'envoyer un peu de glace pour me rafraîchir. J'ouvre ma jupe pour recueillir la manne céleste et mon mari tente de recouvrir mes jambes nues. Je me débats, je lui mords la main mais il se contente de me demander doucement en m'entraînant de force dans la chambre : "Alors c'est comme ça ? C'est comme ça qu'on va vivre, Faten ?"

Ils me poussent à l'intérieur de la pièce. Je m'assois devant le miroir et je contemple l'image qu'il me renvoie, incapable de croire que c'est bien moi. Je me mets à rire. Je les entends se lamenter : notre foyer est brisé, il n'a vraiment pas eu de chance avec ce mariage, les enfants se désolent de me voir perdre la tête...

Sa mère suggère de m'emmener chez un médecin, ici. Mon mari est d'avis que je rentre au Liban. Ils s'inquiètent des commérages que ne manquerait pas de susciter une telle décision mais il lui fait voir que le mal sera identique dans les deux cas : même dans cette maison, même dans la chambre, même au creux de mon lit, je suis capable de faire scandale ! Je ne prends aucune précaution quand j'ai mes règles, je compte, un crayon à la main, le nombre de mes cils, je plante des fleurs dans mes chaussures, je jette tout et rien, y compris des choses de valeur. J'ai même escaladé le rebord de la fenêtre pour m'envoler. J'ai également tenté de m'enfuir à bord d'un camion qui transportait des défenses d'éléphant. Ce sont les gendarmes qui m'ont obligée à lâcher prise quand le chauffeur est allé les trouver après s'être rendu compte de ma présence.

Je m'abandonne entièrement à ma folie. Je ne redeviens moi-même que si mon regard se pose sur les aquarelles que m'a inspirées l'étonnante lumière de cette terre africaine, cette lumière qui échappe, un bref instant, à la poigne brûlante du soleil, au lever du jour ou à son coucher. Vais-je me précipiter vers ces tableaux pour les décrocher et les détruire ? Peut-être est-ce à cause d'eux que mon mari continue à espérer qu'il va retrouver la Faten d'autrefois, celle qui n'avait pas su prononcer un seul mot quand on était venu demander sa main. Par pudeur, mais aussi parce que celui qui se présentait appartenait à une de ces riches familles émigrées en Afrique…

A cette époque, je n'avais ni accepté ni refusé. Et si j'avais fini par répondre "oui", c'était aussi parce que j'étais fascinée par le bracelet doré de ma future belle-mère. Un de ces bracelets ornés de charmes aussi surprenants qu'un gland, une petite maison, un cœur, une montagne, un drapeau libanais, une tortue…

Je n'entends rien d'autre que sa voix, toujours à s'interroger, à se lamenter, à se plaindre parce qu'il est incapable de prendre une décision à mon sujet. Elle, elle a toujours su trouver une solution. Et mon mari se contente de soupirer et d'attendre que le ciel lui vienne en aide.

C'est en voyant arriver le médecin que je me suis mise à espérer un changement. Il leur a demandé depuis quand j'allais mal, s'il m'était arrivé quelque chose.

— La mer, a-t-elle répondu, c'est depuis le jour où elle est allée à la mer alors qu'il pleuvait tellement.

Il s'est tourné vers moi et m'a questionnée sur mon âge.

— Mon âge ? Je suis aussi vieille que la folie !

A cette réponse, il s'est totalement désintéressé de moi pour se tourner vers les deux autres et leur demander s'il y avait des cas de démence dans ma famille. Ils se sont contentés de hausser les épaules et je me suis empressée de les contredire, leur rappelant l'histoire de ma tante. On n'avait jamais su de quoi elle souffrait et elle avait longtemps erré d'un hôpital psychiatrique à un autre. J'ai raconté la visite que je lui avais rendue, un jour, avec un plat de taboulé que ma mère m'avait demandé de lui porter. Ma tante m'avait coincée contre un mur et avait entrepris de m'enlever mes vêtements, m'ordonnant d'enfiler les siens. Elle avait menacé de me tuer si j'ouvrais la bouche et elle m'avait abandonnée là où je me trouvais aujourd'hui encore. C'était elle qui était revenue chez nous. Elle avait dormi dans mon lit, elle était allée à l'école à ma place, elle avait joué avec mes amies. C'était elle qui avait épousé cet homme venu d'Afrique, qui lui avait fait des centaines d'enfants. En plus, elle n'était jamais venue me voir à l'hôpital, alors qu'elle rentrait souvent au Liban.

Je n'ai interrompu mon flot de paroles qu'un bref instant, lorsque j'ai vu le médecin disparaître dans la pièce voisine. Mais je me suis reprise et j'ai recommencé mes cris, mes gémissements, mes miaulements, mes barrissements, sans oublier de me frapper le visage et de me jeter contre la fenêtre.

Cette histoire s'éternise. Je n'arrive plus à faire le compte des jours. Je n'en peux plus de cette fatigue, de cette attente, de la folie. Il faut que je trouve une solution, que ma folie augmente encore, que je devienne dangereuse.

— Elle est folle ! C'est le médecin qui l'a dit, crie ma belle-mère. Je le savais bien. Même quand elle allait bien, elle avait déjà des yeux de folle. Je te trouverai une autre épouse quand on aura rendu celle-ci à sa famille. Qu'ils se débrouillent pour la soigner ! Et pour les enfants, ils seront très bien dans leur pensionnat.

Puis, sur un ton plus bas et très calmement :

— Le mariage, c'est comme tout le reste : un coup on gagne, un coup on perd ! Une pomme véreuse, elle peut être bien rouge, avoir l'air bien appétissante à l'extérieur !...

Je l'écoute de toutes mes forces, mais je flotte en même temps quelque part au-dessus du parquet de la chambre, sur le point de me noyer, appelant au secours. Dès que me parvient sa voix à lui, couvrant la sienne, je me concentre à nouveau et je l'entends l'accuser d'être trop dure, trop égoïste. Il jure de ne pas se remarier, parce qu'il ne veut pas m'abandonner, parce qu'il n'oublie pas celle que j'ai été. Le mariage, c'est pour le meilleur et pour le pire. Il me soignera, il m'aime, il ne m'exposera jamais au ridicule en me renvoyant dans ma famille, il me soutiendra...

Je secoue la tête, je nie en bloc tout ce qu'il raconte, je le refuse et je m'enfonce toujours plus dans l'océan de la chambre. Ma folie a déteint sur sa mère qui lui hurle au visage :

— Je te préviens : elle te tuera, elle t'empoisonnera, elle te déchirera à belles dents, cette chienne ! Elle te brûlera, elle te lardera de coups de couteau pendant ton sommeil !

Alors, je m'abandonne à ma folie et me remets à nager. Et cette fois, je chevauche les vagues, je pars au grand large, je reviens, portée par les flots de sueur qui ruissellent de mon corps. Je reviens à moi quand je l'entends hurler contre sa mère, la chasser en jurant qu'il ne m'abandonnera pas, quand bien même devrais je effectivement lui planter un couteau en plein cœur. Mais elle hausse la voix encore plus fort.

Elle veut briser le charme, l'arracher à mon pouvoir. Il faut vraiment que je l'aie ensorcelé quand j'allais dessiner là-bas. Sûrement, j'ai tracé au pinceau des formules magiques pour sceller son destin au mien, une fois pour toutes.

Il l'interrompt :

— Impossible, impossible de la laisser. Je préfère tout abandonner plutôt que de la quitter, elle !

A ces mots, j'ai rassemblé mes dernières forces pour me calmer. Je me suis cramponnée à la dernière planche de salut qu'il me restait et je suis allée les retrouver. Je m'étais lavé le visage, j'avais tiré en arrière mes cheveux, passé sur moi une des robes que je mettais autrefois, enfilé la paire de sandales brodées que je n'avais plus remise depuis le début de ma folie. Je me suis assise en face d'eux, bien sagement, sans prêter attention aux regards qu'ils me lançaient malgré eux, incapables de masquer leur terreur. En réalité, mon calme les incitait surtout à se tenir sur leurs gardes, poings crispés, jambes fléchies, prêts à parer une attaque soudaine ou à prendre la fuite.

Mais je me tenais face à eux, hésitante, me demandant par où commencer. Fallait-il leur dire que j'avais été satisfaite de mon existence de femme ordinaire, que j'avais tenté de me persuader moi-même que la vie était ainsi faite : se marier, avoir des enfants, s'occuper de la maison, faire l'amour de temps à autre... En retrouvant mon jardin secret quand je voulais être sincère avec moi-même et avec mes sentiments, ou bien quand une mélodie particulière me rendait gaie ou triste... Alors, je volais quelques moments pour moi, pour dessiner et pour peindre… Jusqu'à cet homme… Il avait pris l'habitude de m'observer quand je m'installais devant les flots dont j'essayais de rendre les tonalités de bleu sur ma feuille à dessin. Il avait pris l'habitude de ramasser absolument tout ce que je laissais derrière moi, même les minuscules débris de mes pastels, comme si c'était un trésor pour lui ! Je sentais que ma vie n'était plus la même, que tout avait désormais un sens : la mer, tiède ou froide, qui me léchait les pieds, une remarque qu'il me faisait et qui m'allait droit au cœur, à propos d'un ongle de pied fendu, le verre de jus de fruits dans sa main, le silence, les mots, le sommeil, l'angoisse… A un moment, sa main a glissé le long de mon visage sans le toucher, et j'ai senti comme une brûlure tandis que les battements de mon cœur s'affolaient. A un moment, je n'ai plus été capable de me forcer à quitter tout cela pour retrouver l'univers qui n'avait cessé de m'attendre, chez moi. Un univers tellement présent, dans les objets les plus insignifiants, la salière, le poivrier, et les pensées les plus graves, quand j'imaginais la tombe où l'on m'enterrerait lorsque viendrait mon heure. Un univers si présent, si présent, sauf pour mon cœur qui aurait tant voulu respirer. J'ai décidé de dévider peu à peu le cocon du mariage, lentement, précautionneusement, pour ne pas en briser le fil, ni altérer sa couleur… Je voulais que mon mari comprenne qu'il n'avait d'autre choix que de me quitter.

Cela a commencé par la savonnette que je lui ai tendue, comme si j'avais oublié que, pour beaucoup de gens, ce geste annonce une rupture prochaine. Ensuite, j'ai embrassé ses paupières durant son sommeil, bravant la chanson bien connue : "Un baiser sur les yeux, demain un adieu..." Je veillais à ce que la pointe de ses chaussures soit toujours tournée vers la porte... Et pourtant, mon mari poursuivait son existence comme si de rien n'était, à la maison comme au bureau. Il fallait donc qu'il en arrive à me détester. Du jour au lendemain, je suis devenue une poubelle ambulante. J'engloutissais des litres de lait d'une seule traite, alors que je savais pertinemment que cela allait me donner des crises d'allergie. Je me forçais à l'avaler, avec tout ce qui pouvait me détraquer les intestins : du chou-fleur aux haricots. Je croquais des gousses d'ail comme s'il s'agissait de carrés de chocolat, des oignons comme si c'étaient de petites carottes bien tendres. Et après tout cela, je me gardais bien de me nettoyer les dents avant de rentrer dans le lit où j'attendais mon mari en lâchant des rots qui parfumaient l'atmosphère de la chambre...

Et pourtant, je le retrouvais chaque matin à côté de moi. Il était là, malgré ma révolte et mes interrogations. Pourquoi la nature ne se chargeait-elle pas de m'en débarrasser ? Pourquoi ne pouvait-elle m'emporter loin de ce petit univers et me relâcher ailleurs, libre ? Il ne se passait rien. Alors, après une période de réflexion à la fois pleine de calme et de tension, de sérénité et d'inquiétude, j'ai choisi la folie.

Mais je ne leur livre pas tout cela, maintenant. Au contraire, je reconnais, d'une voix étouffée mais très claire, que je ne suis pas folle, que j'ai peur et honte, parce que je suis tombée amoureuse d'un autre homme et que j'ai voulu divorcer pour pouvoir l'épouser.

Je leur demande de me pardonner. La bonté de mon mari, la noblesse de ses sentiments m'ont empêchée de lui dire la vérité, de lui expliquer que je ne l'avais jamais aimé durant toutes ces longues années passées ensemble, que j'avais reculé devant cet aveu parce que je craignais d'ouvrir une plaie qui jamais ne se refermerait, que j'étais dévorée depuis longtemps par le remords de ma trahison, que j'avais espéré que ma prétendue démence m'aurait chassée de son existence sans qu'il ait à se tourmenter, bien au contraire, de m'avoir perdue... J'ajoute que je suis résolue à demander le divorce, que je ne leur réclame rien, pas même l'appartement de Beyrouth qui est à mon nom. (Cette dernière phrase me fait comprendre que c'est surtout ma belle-mère que je crains.) Puis je m'oblige à les regarder dans les yeux, après toute cette confession que j'ai livrée, tête basse. Je veux leur prouver ma détermination et mon courage, quelle que soit leur réaction. J'attends qu'elle me réponde, qu'il me réponde, qu'ils m'adressent des reproches, qu'ils me frappent, qu'ils se vengent, me disant que je m'enfuirai, quoi qu'il advienne.

Et voilà qu'elle saisit ma main, qu'elle la couvre de baisers en murmurant :

— Elle est folle, la pauvre, c'est sans espoir !

Effondré, la tête entre les mains, mon mari répète à voix basse :

— Si jeune, quel malheur ! Mais, s'il le faut, je ferai le tour du monde pour trouver le remède capable de la guérir.

UN SCORPION DANS LE DÉSERT DU RUB' AL-KHÂLI

Je ne vois rien d'autre que les dunes, en pente douce, dressées vers le ciel, satinées ou rugueuses, rouge orangé, brunes, grises, couleur de sable…

Je vois le vent et, si je tends la main, je sens sa caresse. Tout n'est que sable autour de moi, rien que du sable, à perte d'horizon. Grains de sable endormis, tranquilles, traversant le ciel, jouets du vent, là où se rencontrent les dunes, là où elles étalent leurs plis. Tout n'est que sable autour de moi. Suis-je faite de chair et d'os ou bien de sable moi aussi, comme il m'arrivait de me le dire, petite fille, quand je voyais les grains s'agglutiner sur le bord de ma manche si je m'essuyais le front ?

Je pénètre dans la chambre. Mon mari sort de la valise les boîtes de sardine et de corned-beef, les paquets de cigarettes, les jus de fruits, qu'il pose sur une planche à côté du lit. De mon côté, je prends un bloc et un crayon, et le portrait de mon fils. Je souris. Cette photo suffit à elle seule à me prouver que je me trouve bien dans le Rub' al-Khâli. Je ne suis pas passée dans un autre monde. Ce matin, je subissais encore la moiteur de Dhahrân, au milieu des voitures et des magasins. Une phrase me vient à l'esprit : "Un monde de sable dans les yeux d'une femme." Il faut que j'en fasse le titre du livre que je suis en train d'écrire. C'est pour cela que j'ai suivi mon mari qui a coutume de passer ici, pour son travail, trois jours par semaine. J'ai eu cette idée parce que j'aime faire des photos et que ce désert offre un terrain fertile, encore vierge.

Le sable sera au centre de mon livre. Je le photographierai à l'aube, le matin, l'après-midi, à la tombée du jour, durant la nuit, quand les dunes s'étalent paresseusement, quand elles luttent, quand elles s'abandonnent. Je ne peux plus arrêter le flux des idées et des mots. Mon livre s'ouvrira ainsi : "Il n'y a pas de Dieu dans le ciel du Rub' al-Khâli." Je parlerai du voyage dans le petit avion de la compagnie pétrolière où travaille mon mari, comment, me tournant de tous côtés, j'ai été terrifiée par cette immensité de sable que je n'avais vue, jusque-là, que depuis les airs, sous la forme de dunes, de monticules, de rides, qui n'avaient rien d'effrayant.

J'ai pensé au sable coloré contenu dans cette bouteille à long col qu'on m'avait rapportée de Pétra, avec le scarabée noir prisonnier au milieu des grains innombrables. Les images se bousculent avec les mots à présent. De peur d'oublier, je me précipite sur le bloc pour griffonner rapidement des notes, des idées en vrac.

J'ouvre la porte et mon regard fait face à l'étendue de sable. Je souris en repensant au rire de mon mari quand je lui ai demandé une carte pour situer le campement. Que pourrait-il y avoir d'autre, au nord, que ces vagues de sable ? A ce qu'on raconte, elles se déplacent comme les nomades du désert. A ma droite, la même chose. Devant moi, derrière, l'immensité du désert, vide. C'est en accompagnant mon mari, l'après-midi, juchée sur un engin à grandes roues comme sur un palanquin, que j'ai compris comment les dunes peuvent voyager. Je n'étais plus à distance et je voyais les ondulations du sable en train de naître, de se transformer. Le cœur battant, captivée, j'avais l'impression de regarder un film de science-fiction.

Le soir, je me suis assise pour écrire : "Les dunes ont une âme. Elles sont l'ennui, la solitude. Les mouvements autour d'elles y arrivent comme étouffés. Elles ne connaissent que le vent et le soleil. Elles se languissent d'une présence humaine, d'un animal. Elles ne savent pas que ce sont elles, rien qu'elles, qui forment le Rub' al Khâli. Peu importe leur apparence, qu'elles soient hautes ou non. C'est pour cela qu'on s'en tient au sable, qu'on parle d'une mer de sable. Elles guettent les tempêtes. Alors, elles se disent que le moment est venu et elles retournent toute leur violence contre elles-mêmes, elles s'autodétruisent, elles volent en minuscules particules, jusqu'à laisser une surface totalement plane. Puis cela recommence : elles se reforment, elles roulent les unes sur les autres… Elles tirent leur substance des autres dunes, elles prennent appui sur des formes enfouies dans leur mémoire, elles s'élèvent, elles se rapprochent d'autres vagues de sable. Parfois, elles restent seules, elles s'ennuient. Alors, elles modifient leur apparence : un cratère de volcan, un mortier de pierre, un bassin… Sans avoir besoin d'eau, elles pétrissent des montagnes de sel. Une fois apaisées, elles découvrent qu'elles n'ont rien appris de plus, qu'il n'y a que le vent, et le soleil."

Nostalgique, je repense à ce vent et je poursuis : "Elles ont appris également que le vent s'ennuie, lui aussi. Pas de lessive à sécher pour s'amuser à la faire s'envoler. Pas d'avions en papier que lancent des enfants. Pas d'arbres ni de bourrasques de pluie. Si bien que le vent a envie de jouer aux échecs pour se distraire mais pour faire le roi, et la reine, et le fou, et la tour, et le cavalier, il n'y a que des dunes..."

Attention à ne pas se laisser aller à son imagination ! Quelle est la maison d'édition qui n'exigerait pas un minimum de faits ? Décrire le sable, le photographier, cela ne suffit pas. Il faut un peu de vie, même si cela tient du prodige dans de telles conditions.

Je ferme les yeux en imaginant que je suis l'objectif de mon appareil photo. Devant la lentille se tient un de ces scorpions dont on dit que la carapace est ornée de couleurs magnifiques. Une fois les yeux ouverts, ma résolution est prise : il faut que j'en trouve un. Je lui tendrai un piège, je le poursuivrai, j'étudierai ses mœurs, je lui donnerai à manger, je le forcerai à jeûner, soumis à mon bon plaisir, à ma passion, à ma colère. Il aura froid, il aura chaud. Je le prendrai en photo sous tous les angles et j'arriverai peut-être à saisir ses différentes expressions...

Mais c'est moi qui suis prise au piège. Je n'ai pas encore trouvé un seul scorpion. Est-ce parce que les roues des engins font vibrer le désert ? Les excavatrices et les foreuses résonnent dans le ventre de la terre, elles effraient les scorpions, elles font glisser le sable, elles pulvérisent les fourmilières... J'ai pensé qu'il fallait peut-être que je m'écarte de mon mari et de son équipe, de leurs machines et de leur vacarme. Il me faut m'enfoncer dans le désert, m'aventurer, seule, à condition de ne pas perdre le campement de vue. Je m'éloigne jusqu'à ce que les hommes au travail ne soient plus qu'un point coloré. Je regarde autour de moi. Me voici seule, prisonnière des sables comme le scarabée de Pétra dans sa bouteille colorée. Dès que j'aperçois une cavité, je me penche et je souffle pour chasser le sable comme le ferait le vent, mais il n'y a rien. Serait-ce qu'il n'y a pas de scorpions dans ce désert ? Le Rub' al-Khâli, le "quartier vide", n'a pas plus d'animaux que d'habitants ? Je retourne vers le point coloré. Plus je me rapproche et plus le grondement des machines qui fouillent le sable s'intensifie. La silhouette de mon mari apparaît, avec son chapeau de paille sur la tête, sous un soleil qui semble se moquer de ces hommes, de ces machines qui s'agitent. De moi, aussi.

Déçue, persuadée que je ne trouverai pas de scorpion, je grimpe sur un des engins. Rien d'autre que du sable. J'essaie de me convaincre que c'est bien suffisant de photographier le paysage. Nous nous arrêtons brusquement devant une cabane de planches et je me demande qui peut bien vivre là. Je me rends compte que c'est la nôtre en reconnaissant ses sœurs jumelles éparpillées dans le même périmètre.

Le sable a changé à cet endroit mais derrière, devant, dessous, c'est toujours le désert. Pourtant, le paysage n'est plus le même, on s'en aperçoit lorsqu'on se promène la nuit. Les étoiles paraissent plus grosses, si proches qu'on croirait pouvoir les attraper à la main. La lune a un air heureux, l'air de quelqu'un qui regarde son reflet dans un miroir. Elle se sent chez elle, pas comme si elle flottait au-dessus des gratte-ciel scintillants de New York. Elle n'est pas boudeuse, comme lorsqu'il lui faut subir la compagnie des lampes que les pêcheurs ont laissées allumées dans leurs barques alors qu'ils sont endormis, doucement bercés par la houle. A ses pieds, la lune voit une mer de sable, où la pluie ne tombe jamais. Un endroit aussi aride que la mer de la Sérénité sur la lune. Oui, c'est là qu'on trouve une mer parfaitement pure. Quand j'entre dans la chambre, j'ai l'impression de ne plus être sur terre mais quelque part entre ciel et sable.

Le lendemain matin, quand la machine s'est arrêtée, j'ai vu la fleur de sel. Elle luttait vaillamment contre les vagues de cette mer de sable, sans se laisser submerger. Tendue, déprimée, j'ai apostrophé le désert : "Je sais parfaitement que vipères et lézards dorment dans tes profondeurs, terrés dans le sable, avec juste leurs yeux qui apparaissent, rêvant d'oublier un instant qu'il n'y a rien à boire, se contentant de l'humidité de leur propre respiration."

La lumière qui me brûle les yeux m'empêche de voir mon ombre, celle des dunes et celle de la fleur de sel.

Une phrase surgit comme un mirage : "Il n'y a pas d'ombres dans le Rub' al-Khâli."

Je me suis arrêtée pour boire et j'ai retrouvé un peu d'énergie et d'espoir. Il faut que je termine ce livre, même si cela m'oblige à retourner ici une autre fois, même si je suis revenue à moi-même, même si je suis rentrée chez moi. Je me suis assise, seule, ou encore en tête-à-tête avec moi-même, pour me demander et me faire demander : "Qu'as-tu fait de ces dix années en Arabie Saoudite ?" Je réponds, sans laisser au fantôme des journées interminables le temps de disparaître, avec, trottant dans ma tête, le souvenir des montagnes de provisions dans ce réfrigérateur que je ne cesse d'ouvrir, les courses pour acheter des bracelets en or, les invitations à prendre le thé, l'après-midi, la piscine, chaque jour.

Ma réponse est : "Un livre."

Je n'ai toujours pas trouvé de scorpion. J'ai vu des serpents glisser sur le sol mais, au moindre bruit du mécanisme de mon appareil, le sable semblait les avaler. Je les ai guettés, malgré les gouttes de sueur qui ruisselaient sur mon visage, qui roulaient jusqu'à ma bouche. Les mots se bousculent à nouveau, grondent comme une cataracte : "Où est-il ce scorpion, ce scorpion des sables ? Dort-il sous une pierre, tirant de la braise un peu de fraîcheur ? Sous un tronc desséché ? Je ne vois rien !"

Assise sur le sol brûlant, je fais couler une poignée de sable entre mes doigts. Cette matière obéissante, qui glisse le long de ma paume, si douce, peut-elle se mouvoir ? Sèche comme elle est, pareille à de minuscules diamants, peut-elle avaler hommes et choses ?

Je promène mon regard autour de moi. Je ne suis plus dans le désert. Je vois des vagues, des enluminures, des broderies en fils de soie blancs et gris. Je vois des seins aux mamelons dressés. Oui, c'est bien cela. Je me précipite sur mon appareil pour photographier une sauterelle, puis une autre, venues en éclaireuses, annonçant peut-être celles qui vont s'abattre dans quelque temps, par milliers. J'aimerais bien que ce soit vrai mais jamais elles ne viendront se poser sur cette terre nue et brûlante. Pour cela, il faudrait qu'elles aient quelque goût pour la morsure salée du sable.

Je sais que ce désert a ramassé tout ce qui vit ici, les scorpions, les insectes, qu'il les a emportés dans les airs et qu'il les a relâchés de là-haut pour qu'ils s'enfouissent au fond des sables. Il ne veut pas que les choses changent, il veut rester fidèle à son nom : le Rub' al-Khâli. Il se venge de moi, des machines de mon mari qui continuent à fouailler ses entrailles. D'ailleurs, c'est peut-être le désert qui a transformé ses fossiles en pétrole, qui les a liquéfiés et les a enfouis au plus profond de ses entrailles.

Je me dirige vers le point coloré où se trouve mon mari avec les ouvriers. Je sens les sables aspirer mes pas. Un peu avant d'arriver, je trouve une pierre blanche et je m'arrête en me demandant s'il s'agit d'un morceau de gypse ou si c'est le sel qui lui donne cet aspect. Je m'approche pour la retourner et c'est alors que je trouve un scorpion, tel que j'en ai vu en photo, sur des gravures ou des dessins, mais jamais avec cet aspect brillant et diaphane, et ces couleurs. Je m'écarte de quelques pas pour lui faire croire que c'est le vent qui a fait bouger la pierre où il se terre. J'ouvre la petite boîte percée de trous et vide sur le sol son contenu d'insectes à moitié endormis. Le scorpion s'avance. Son ventre a la couleur d'un morceau d'ambre clair, comme un tesson de verre brun orangé, translucide. Il rampe sur ses huit pattes, avec sa paire de pinces et sa queue qui se termine par la poche de poison. Elle se tient droit au-dessus de son corps. J'aperçois le dard qui s'enfonce dans le corps de la proie que les pinces maintiennent sans que les yeux ne trahissent la moindre agitation.

Je cours vers le campement, le scorpion prisonnier dans la boîte. Le sable ne cherche plus à avaler mes pieds. J'agite la main en direction de mon mari. Je me sens joyeuse. Pour la première fois depuis que j'ai laissé mon fils à Dhahrân, le remords ne me taraude pas. A nouveau, je pense à mon livre. Il faut que je trouve un autre scorpion, que je réunisse un couple pour le prendre en photo quand ils se livrent à leurs ébats, quand ils s'approchent l'un de l'autre, pince contre pince, quand ils esquissent la "danse de la mort" avant la retraite du mâle dans une cachette, à l'écart. Je veux photographier la femelle quand elle donne naissance à ses petits, quand elle les porte sur son dos, les emmène avec elle sous la protection de sa queue dressée, prête à piquer n'importe quel agresseur.

Pour une fois, je n'accompagnerai pas mon mari ce matin. Je resterai au lit encore une heure ou eux. Je guetterai les insectes. J'ai posé une assiette remplie d'eau devant la porte et j'ai envie d'assister à leur réaction quand ils goûteront à ce liquide pour la première fois depuis leur naissance dans la fournaise de ce désert. Pour les attirer, j'ai posé par terre quelques insectes en matière plastique et des miettes de pain.

J'ai ouvert les yeux au moment où mon mari a refermé la porte derrière lui et j'ai replongé dans le sommeil. Je rêvais que mon livre était fini, avec beaucoup de photos, beaucoup de pages, et que le Rub' al-Khâli voulait se venger. Il déchaînait le vent contre ma porte, lui ordonnait d'éparpiller mes notes et mes photos. J'avais du mal à reprendre mes esprits sous la violence du souffle qui faisait tout valser autour de moi. J'essayais de récupérer mes documents, du visage, de la main, entre mes lèvres même, mais ils s'échappaient toujours et je n'en attrapais pas un seul. Debout, je pleurais au milieu de la pièce lorsque toutes sortes de scorpions et d'insectes étranges ont surgi des murs, du toit, du sol. Je n'arrivais pas à me réveiller.

Tout à coup, j'ai senti un poids sur mon corps. J'ai crié. Une haleine fétide. Crié. Je voyais mes propres yeux m'observer depuis la porte restée ouverte. Je hurlais mais il n'y avait que le vent pour me répondre, que le sable. Un homme, étendu sur moi, déchirait mes sous-vêtements. Je luttais, je l'ai mordu, j'ai griffé son visage, sa poitrine, mais c'était comme si ma bouche se refermait sur du sable. Le scorpion a lancé son dard venimeux en moi.

Je le mords, prise de nausée. Son corps lourd, à la peau rêche, s'agite au-dessus du mien. J'ai la bouche, la poitrine, couverte de vomissures. Le scorpion est collé contre moi comme une sangsue. Il respire plus fort, plus vite et s'arrête brusquement. Il se retire après avoir lâché en moi sa dose de poison. Je me lève péniblement sans cesser un seul instant de crier, j'essaie de lui jeter quelque chose mais il a disparu aussi furtivement qu'il était venu. Laissant ses vêtements et son haleine imprimés dans ma mémoire pour toujours.

C'est un rêve. Comment cette terre désertique, stérile, pourrait-elle enfanter cela ? Mais il flotte encore une odeur de vomi. Allongée sur le sol, épuisée, je pleure sans pouvoir m'arrêter de trembler. Ma chemise de nuit, déchirée, est restée là. Je ne sais pas combien de temps a passé. C'est sûrement un cauchemar mais, quand je me mets debout, je sens un liquide couler le long de mes jambes.

Allongée, je me dis qu'il faut me purifier, me laver de cette souillure. Il faut que je pose un garrot pour empêcher le venin de monter jusqu'au cœur, que je mette un morceau de glace sur la piqûre pour que le poison ne gagne pas le cerveau.

Je me suis remise à crier. Le vent m'accompagne. Je pleure, et avec moi le désert. Je cogne ma tête contre les parois de planches de la cabane ; le scorpion, prisonnier dans sa boîte, scande mes coups.

Etendue, je ressens exactement ce qu'on écrit dans les manuels de secourisme à propos de ce type de blessure : la douleur, un fourmillement suivi d'un engourdissement, la nausée, la gorge qui se noue, un flux de salive qui devient écume. L'oxygène se retire de l'endroit qui a été piqué et le corps se couvre de marques bleues et rouges.

J'essaie de fermer les yeux. Une nouvelle fois, je veux me persuader que c'est un cauchemar mais je garde en moi l'haleine de cet homme, son odeur fétide, l'image de ses vêtements.

Péniblement, je me lève en m'appuyant à l'étagère de bois. Prise d'une envie de tout détruire, je me jette d'un seul coup sur les crayons, sur les feuilles que je me mets à déchirer en mille morceaux, à mordre, à mastiquer dans ma bouche. Je les recrache et je les jette par la porte restée ouverte. Le vent les entraîne, les éparpille sur les dunes. J'ouvre la boîte et j'y lance une allumette, puis une autre, et encore une autre.

Je ne m'arrête que lorsque j'entends craquer la carapace du scorpion.

LA FOIRE AUX MARIÉES

Depuis des années, sans ménager sa peine, Almaza ne travaillait que pour ces deux jours et demi. Inlassablement, elle cultivait les pousses qui lui serviraient ensuite à tresser des paniers. Elle ne s'arrêtait que pour jeter de temps à autre un coup d'œil sur son image réfléchie sur les flancs du pot de fer toujours posé à côté d'elle. Elle s'en servait aussi bien pour ses ablutions avant la prière que pour traire les bêtes ou arroser les plantes.

Et chaque fois qu'elle croisait son regard, elle soupirait à l'adresse de son reflet : "Bientôt la délivrance !" Cette délivrance, c'était la "foire aux mariées" à laquelle Almaza consacrait tous les soins portés à sa garde-robe, tout son argent. Sa fatigue s'évaporait comme par enchantement quand elle laissait tremper ses mains dans un bain d'huile et d'argile et que, les cheveux imprégnés d'eau de rose et de *ghassoul*, elle livrait son corps à la masseuse du hammam en attendant la femme qui décorerait ses mains et ses pieds de dessins au henné. Tout ce qu'elle gagnait au long de l'année, elle le dépensait en vêtements : le chapeau de paille, le voile, les bijoux en argent ouvré aux oreilles, autour de la tête et du cou, aux poignets, les fichus brodés, la nouvelle robe… Sans oublier l'encens dont elle faisait un tel usage que l'odeur semblait incrustée entre ses cils.

Après ces rituels qu'elle accomplissait dans les moindres détails, comme d'instinct, Almaza se rendait à la foire aux mariées sans la moindre hésitation et sans craindre l'échec. Pourtant, il lui avait fallu apprendre à s'en retourner comme elle était venue, célibataire, au contraire de toutes celles qui, accourues de son village ou des environs, rentraient à côté d'elle, triomphantes, avec une promesse de mariage en bonne et due forme, heureuses des noces qu'on allait bientôt célébrer en leur honneur.

Comme à chaque fois, Almaza se retrouva en train d'errer entre les tentes qu'on avait dressées à l'attention des centaines de jeunes filles à marier. Elles affrontaient une mer de regards qui détaillaient chaque candidate ou qui attendaient avec impatience la venue de l'élue pour un rendez-vous préalablement arrangé. Les mariages conclus à cette occasion passaient pour être plus heureux que les autres…

Mais on ne se rendait pas seulement à la foire pour rechercher une âme sœur. Des familles entières venaient célébrer la mémoire d'un saint dont elles visitaient le mausolée pour attirer sur elles une bénédiction qui durerait toute l'année à venir. Sans compter qu'il y avait largement de quoi se distraire durant ces trois jours, avec le grand marché où l'on trouvait aussi bien du blé, de l'orge, du bétail et du sucre que des marchandises importées de la ville.

Almaza resta quelques minutes seulement au milieu des jeunes filles à marier. Une paire d'yeux la choisit et elle se retrouva à marcher aux côtés d'un homme, à s'asseoir avec lui, sa main près de la sienne... Pourtant, ils n'allèrent pas se faire photographier comme les autres couples qui avaient décidé de s'unir et ils n'apposèrent pas l'empreinte de leur pouce sur un contrat. Almaza ne revêtit pas la *handira*, le manteau de laine noire à rayures rouges et jaunes que son promis devait lui offrir. Elle reprit avec tout le monde la route du retour, solitaire parmi les rires de celles qui avaient trouvé l'homme de leur vie, les fiancées pleines d'orgueil. Tout le monde ne se préoccupait que des noces à venir tandis qu'elle réfléchissait à toute la peine qu'elle allait devoir se donner afin d'être à nouveau prête, l'année suivante. Almaza jeta un dernier regard vers les tentes qu'on commençait à démonter, les forains qui pliaient leur étal en prévision du départ, les commerçants qui entassaient leurs marchandises défraîchies sur des ânes ou des chameaux. Des larmes se mirent alors à courir sur ses joues brunes comme une bande de lapereaux tout blancs. “Ce n'est pas grave, bredouillait-elle à l'attention d'une des fiancées qui cherchait à la consoler, Dieu est généreux. Attendons l'année prochaine, et une autre foire...”

Elle savait qu'elle répéterait cette phrase bien des fois, des jours durant, à sa vieille tante qui habitait avec elle, aux anciennes du village, aux jeunes filles et à tous ceux qui remarqueraient que la *handira* ne recouvrait pas encore ses épaules. Tout le monde s'interrogeait à son sujet, plus ou moins ouvertement : pourquoi restait-elle au rancart alors qu'elle était jolie, élancée, avec un mignon grain de beauté au menton et un beau sourire ? Certains disaient que ses yeux rieurs, perpétuellement en mouvement comme les abeilles d'une ruche bourdonnante et toujours à la recherche de quelque chose, effarouchaient les prétendants... D'autres affirmaient que tel était son destin, avant même sa naissance.

Almaza aurait pu continuer à se rendre à la foire, année après année, jusqu'à approcher de ses trente ans, et s'en revenir toujours sans le fameux manteau de mariage mais avec quelques rides supplémentaires au front et son lot de commentaires chuchotés autour d'elle, s'il n'y avait eu, cette fois-là, ce jeune homme. En la découvrant parmi les centaines de candidates, il en conçut une telle émotion qu'il en perdit la raison et se mit à courir pour la rejoindre. Son cœur s'était arrêté de battre pour ces yeux rieurs et leur incessant ballet. Il voyait un heureux présage dans le grain de beauté posé sur ce menton qui l'accueillit d'un rire découvrant des dents alignées comme un rang de perles. Ce jeune homme, Almaza l'accompagna d'une démarche dansante ; elle rit avec lui, se tut, bredouilla des mots confus. Elle sentit la tiédeur de sa main, le frôlement de son épaule, de son bras, de sa hanche. Elle entendit, elle écouta, elle apprit le nom que portait cette silhouette, son métier... Elle regarda les mains à la peau bistrée, elle les toucha, elle eut envie de la cigarette emprisonnée entre les doigts bruns et demanda rien qu'une bouffée... Mais il lui en offrit une tout entière qu'elle se mit à fumer en plein bonheur. Personne ne leur prêtait attention car chacun avait les yeux occupés à se frayer un chemin parmi les étalages de marchandises, à observer les vendeurs, les chalands, ou encore les friandises, les enfants, leurs mères, la foire. Quant aux promis et aux promises, on les trouvait partout, deux par deux, "chacun sa chacune", comme dit la chanson… Des couples appuyés contre un arbre, contre le mât d'une tente, assis sur un rocher, en grande conversation, heureux dès lors qu'ils étaient d'accord sur l'essentiel, le mariage, mais avec le droit pour l'épouse de rendre visite à sa famille une fois l'an, ou même un peu plus souvent si ses parents le voulaient bien…

Un jour et demi. Almaza s'épanouissait sous l'effet de la rougeur qui ne quittait plus ses joues, du parfum qui semblait la baigner. Comme un papillon étourdi par les belles paroles que lui murmurait ce jeune homme, comme une abeille enivrée par le nectar distillé par ces moments d'intimité… Pourtant, alors qu'on entrait dans le troisième jour, puis quand celui-ci se fut entièrement écoulé, elle se retrouva seule, sans *bandira* et sans contrat de mariage, cheminant, avec ses seules larmes pour toute compagnie.

Cette fois-là, elle ne put enfouir le souvenir de ces deux jours et demi, comme elle en avait coutume, sous le travail et sous les soupirs, sous les lamentations de la vieille tante persuadée qu'on en voulait à sa nièce. Le jeune homme n'était-il pas venu la trouver, lui qui en avait fait l'élue de son cœur et qui pensait bien qu'elle partageait ses sentiments ? Il l'avait suivie, secrètement, jusqu'à son village après avoir cru devenir fou quand elle avait battu en retraite au moment où il avait essayé de l'entraîner par la main pour faire dresser leur contrat de mariage. Il ne comprenait pas son attitude. N'avait-il pas répondu, sans la moindre hésitation, que sa décision était prise, alors même qu'elle venait de lui révéler qu'elle était condamnée par avance à périr de cette maladie du sang dont étaient déjà mortes sa mère et sa grand-mère ?

Il se rappelait comment il lui avait affirmé que cela ne changeait rien pour lui, qu'il voulait l'épouser et qu'il serait toujours à ses côtés, chaque fois qu'elle s'était mise à pleurer durant la foire, en repensant à cela. Elle ne l'avait pas écouté, elle ne l'avait pas cru. Elle lui avait demandé de réfléchir davantage, d'imaginer non pas une maison pleine d'enfants mais la salle d'attente d'un médecin de la ville, après un long et pénible voyage à travers les montagnes escarpées. Elle lui avait demandé de penser à l'argent qu'il dépenserait en soins, à sa vie fauchée prématurément qui le laisserait seul avec un nourrisson ou même sans héritier du tout.

Pourtant, ses yeux n'avaient pas cillé, son front était resté parfaitement serein. Il avait pris sa main, l'avait posée tout contre son cœur et lui avait répété qu'il était prêt à s'engager pour elle. A bout d'arguments, elle avait fini par éclater en sanglots en avouant qu'elle était déjà malade. Même à cet instant, ses yeux n'avaient pas trahi la moindre émotion. D'une respiration toujours aussi égale, sans trébucher sur un seul mot, il lui avait répété à voix forte les mêmes serments, il avait essayé de la rassurer sur ses intentions.

Elle en avait conclu qu'il ne voulait pas l'entendre et, surmontant son affolement, elle avait entrepris de lui faire comprendre ce que signifiait réellement sa maladie. Mais il restait perdu dans l'eau de ces deux yeux rieurs, enjôleurs, sincères, si beaux... Elle sécha ses larmes et il l'aperçut, les paupières à demi closes : il sut à ce moment qu'il n'avait d'autre choix que de rester à côté d'elle. Il continua à chercher à la convaincre, et elle à refuser, persuadée qu'elle agissait ainsi pour son bien à lui… Il lui demanda pourquoi elle lui avait rendu son regard, répondu à ses avances, si elle ne pouvait pas se marier. Pourquoi l'avait-elle laissé prendre sa main ? Ne savait-elle pas que c'était une manière de dire oui ? Et que retirer sa main signifiait un refus ? Aurait-elle agi ainsi, il se serait tourné vers une autre…

Il la harcelait et Almaza pleurait à chaudes larmes, avouant son secret. L'amour lui était tombé dessus comme un coup de soleil quand il n'y a aucune ombre pour se protéger. Impossible d'y échapper. Elle s'était abandonnée à cette onde de chaleur qui l'avait engourdie, engourdie toujours plus, et elle ne s'était réveillée qu'au tonnerre de sa voix évoquant les conditions du mariage… Elle n'avait pu que fuir.

Quand elle le vit entrer chez elle, elle se cacha, pleine de trouble, derrière sa tante qu'elle pinça pour l'obliger à confirmer ses mensonges. Mais la vieille femme se mit à la traiter de vermine, de rien du tout. Avant qu'Almaza n'ait pu faire une nouvelle tentative auprès de sa tante, le jeune homme était déjà debout au milieu de la pièce déclarant qu'il était venu pour l'épouser. Dieu, qui avait envoyé cette maladie, pouvait aussi bien y mettre un terme. Il l'emmènerait en ville et dépenserait toutes ses économies s'il le fallait pour la soigner.

Almaza avait réussi à reprendre rapidement ses esprits et à organiser sa défense, avec pour seule arme sa présence d'esprit. Elle détourna son attention par mille détails dont elle savait bien au fond d'elle-même qu'ils n'avaient aucune importance : comment pourrait-elle lui rembourser le prix du contrat de mariage, et les photographies, et tout le reste, si la maladie devait s'emparer d'elle et la clouer au lit ?

Mais elle ne s'était pas préparée à sa réaction. Il dénoua la ceinture enroulée autour de sa taille et vida ses nombreuses poches d'un tas de billets, anciens et récents, qu'il jeta sur le sol comme du grain pour les poules : "Voilà ta dot, et davantage encore. Si on doit se séparer, tout cela est à toi."

Les larmes d'Almaza se mirent à couler… Le visage entre les mains, elle pleurait, secouée par les sanglots, sans prêter attention à sa tante qui avait quitté sa place, assise à même le sol, pour se traîner sur les genoux et ramasser péniblement les billets, comme une grosse tortue qui n'arrêtait pas de répéter : "Mon Dieu ! Jeter l'argent par terre, cela porte malheur. On ne fait pas des choses comme ça !"

A ce moment-là, le jeune homme s'adressa à la tante pour lui dire qu'il voulait épouser Almaza et qu'il se moquait bien de sa maladie. La vieille femme lui répondit que sa nièce n'était qu'une vermine, qu'elle ne valait pas un clou, qu'elle était méchante et que son destin était de ne jamais trouver de mari parce qu'elle ne méritait pas un tel bonheur. Le jeune homme s'écarta et, sans quitter des yeux la vieille femme qui ramassait l'argent dans les plis de sa robe, il se dirigea vers Almaza pour lui répéter qu'il avait décidé de l'épouser et que rien au monde ne le ferait changer d'avis.

Murée dans son silence, Almaza pensait tristement à ce qui lui arrivait. Son regard se perdait au-delà de celui qui se tenait devant elle. Elle s'était attendue à tout durant cette foire, mais pas à cela. Il ne s'était pas enfui comme les autres, son visage n'était pas devenu cramoisi ou au contraire livide quand elle l'avait informé de sa maladie. Il ne s'était pas mis à bredouiller, n'avait pas hoché la tête d'un air désolé. Au contraire, il avait insisté pour l'épouser, comme si elle lui avait ouvert les bras en lui affirmant que le sang qui coulait dans ses veines était un gage éternel de bonne santé, l'assurance d'une nombreuse descendance…

Il l'exhortait à répondre par un "oui" mais Almaza gardait le silence en contemplant le tas de paille sèche dans un coin de la pièce, comme pour lui dire que tel était le destin qui l'attendait. Elle avait peur de perdre patience et de révéler la vérité, peur de hurler tout haut cette chose scandaleuse : non, son amour ne l'avait pas trompé, non, elle n'était pas malade, mais elle avait décidé de ne pas avoir d'époux, des années auparavant, quand elle avait découvert que le seul résultat du mariage, c'était de geler ces sentiments qui avaient le don de faire battre les cœurs, de susciter une attente anxieuse, en colorant tout d'un jour si particulier. L'amour sortait glacé de cette épreuve et celle qu'on avait ardemment désirée n'était plus qu'une compagne tout juste bonne à aplanir les difficultés de la route. Une vache aux pis gonflés à exploser de lait pour les petits, une paire de mains battant les draps, préparant le lit pour la nuit, certes pas pour prolonger les plaisirs de l'intimité mais bien pour se plonger dans une mort temporaire, avec le ronflement sonore du mari au ventre repu, privé de tout flair animal depuis qu'il avait cessé de chasser la femelle…

Elle se souvenait de la seconde nuit passée avec son cousin sous la tente. Il lui avait fallu trois longs jours de marche pour le rejoindre. Elle aurait dû partager avec sa mère l'âne qui les accompagnait mais, comme celle-ci avait accepté ce pénible voyage alors qu'elle était déjà bien faible, Almaza avait insisté pour qu'elle reste sur le dos de la bête. Ce soir-là, après s'être assuré que tout le monde dormait sous la tente, il était venu la retrouver. Mais ce n'était plus comme la première nuit. Elle n'avait pas entendu les battements de son cœur au moment de la retrouver. Il ne s'était pas frappé le visage de la main en découvrant ses seins, qui n'étaient pas restés dans sa bouche, à jamais, comme il l'avait affirmé la première fois. Cette seconde nuit, il s'était contenté de faire rouler sa tête sur sa poitrine avant de lui poser une question sans rapport avec ce qu'ils faisaient, sans rapport avec elle...

Almaza s'obligeait à rompre avec ces images sous la tente, à déjouer les sortilèges du souffle de son cousin tout près d'elle. Elle revenait à ces journées qui avaient suivi le mariage de jeunes voisines ou cousines. Qui aurait pu manquer l'expression de ces yeux ? On aurait dit des verres abandonnés, à moitié remplis d'une bière poisseuse et éventée. Comment ne pas être frappé par ces regards absents, que rien ne pouvait animer si ce n'est, par instants, la vue d'une robe de mariée qui rappelait le temps des fiançailles, l'attente, pleine d'impatience, de cette nouvelle page d'une existence inconnue, une attente meublée en cousant et en brodant, en choisissant toutes sortes de couleurs qui avaient passé aussi vite que les rêves. L'éclat des yeux était terni par les soucis domestiques, par les soins qu'il fallait porter aux enfants.

Et voilà que ce jeune homme faisait irruption pour l'arracher à ces sombres visions, à son entêtement. Il insistait pour qu'elle accède à sa demande. Peut-être le fallait-il ? Peut-être n'était-il pas comme les autres ? Peut-être devait-elle accepter ? Il avait été la chercher jusqu'ici et il s'efforçait de la convaincre... Il argumentait à voix haute et jurait qu'elle deviendrait sa femme, même s'il devait la forcer à l'épouser : elle l'avait presque sorti du puits et, d'un seul coup, elle avait tranché la corde à laquelle il s'agrippait. Sa passion pour elle n'avait d'égal que ce qu'il endurait à cause d'elle. Il avait pris sa décision et il ne reviendrait pas là-dessus. Il criait à l'adresse de la tante, qui continuait à cueillir les billets de banque comme des feuilles de tabac dans un champ, pour qu'elle lui apporte son aide : il fallait donner à Almaza une bonne leçon pour lui apprendre à ne pas jouer avec le feu.

Jouer avec le feu ? Certainement pas ! Toute l'année elle attendait l'heure de la foire. Elle se consacrait entièrement à ces deux jours et demi passés en tête à tête avec un inconnu, pour faire provision d'images et de souvenirs qu'elle ferait resurgir, quand elle en aurait besoin, durant la morte saison. Elle retrouvait alors cette chaleur, cette animation, enivrantes comme un parfum. Les frôlements, les chuchotements, les regards, les danses, épaule contre épaule, au rythme de la musique. Les bruits, la nourriture, le tumulte, les confiseries qu'ils avaient achetées et, plus fort que tout, les regards fiévreux des hommes braqués sur elle, sur la femme, sur ces yeux qui déversaient toute leur ardeur dans les siens, sur ses seins, le long de sa taille et de ses fesses. C'était cela, et cela seulement, qu'elle aimait. Ce qu'elle aimait, c'était ce qu'exprimaient ces visages, ces mains, et non pas ce qu'il y avait derrière, les différences de caractère, la réalité, les peines, tout ce qui n'existait que comme une sorte de corps conducteur pour mener jusqu'en elle, et la faire mourir, cette décharge fulgurante.

SANAA, FORCÉMENT…

Après avoir jeté un coup d'œil sur les paquets rassemblés dans le couloir, Ingrid prit à la hâte un voile pour couvrir sa chevelure blonde. Peu après, elle se ravisa et l'échangea pour un autre. Non pas que la couleur ne se mariât pas avec ce qu'elle portait – elle n'avait jamais prêté attention à pareil détail, même dans son pays –, mais parce qu'il lui fallait toujours veiller, ici, à ce que ses vêtements soient convenables : de longues manches, pas de décolleté, pas de coupe près du corps ou découvrant les genoux…

Elle se décida pour un foulard épais, capable de décourager le plus aventureux des poux en quête d'une brèche dans le tissu. A en croire Souad, “ils aimaient les blondes parce qu'il n'y en avait pas beaucoup ici”, et la peau de son cuir chevelu leur faisait particulièrement envie “à cause de l'odeur de shampoing et de propre”. En vérité, ils étaient particulièrement acharnés dans ce pays, vicieux même, capables de dévorer le tissu pour s'ouvrir une voie jusqu'à la peau du crâne, à la recherche de nourriture et de chaleur en hiver, ou bien de fraîcheur en été. Ils résistaient vaillamment au traitement destiné à les détruire et il fallait bien répéter l'opération une fois ou deux pour les faire succomber.

Ingrid s'assit sur le rebord de la fenêtre dont elle avait fait une banquette. De là, elle pouvait observer son petit jardin et la rue. Ses yeux se posèrent sur les plantes sauvages et sur les grosses pierres gris foncé étalées sur le sol pour empêcher la terre de s'envoler lors des tempêtes de sable, puis elle laissa errer son regard jusqu'à la boutique d'en face. Elle l'avait crue abandonnée quand elle s'était installée dans cette maison tellement elle tombait en ruine. En réalité, c'était toute la ville de Sanaa qui lui avait donné cette impression, vue d'avion, avec les montagnes arides parsemées de rares habitations séparées par de vastes étendues vides, avec les tours couleur de sable, çà et là. A ce moment-là, elle s'était dit que sa tâche serait des plus faciles car le pays semblait parfaitement convenir à ses projets : une terre encore vierge, que n'avaient pas encore foulée les beaux esprits armés de leurs dogmes et de leur philosophie universelle. Puis, lorsque l'appareil s'était posé, la terre avait semblé s'ouvrir pour faire apparaître une ville entière, pleine de bruits et de cris, de tumulte, de couleurs et de traditions, qui n'avaient rien à voir avec tout ce qu'elle avait connu jusqu'alors.

Ingrid jeta un coup d'œil à sa montre. Mahyoub était en retard… Une heure seulement, rien de grave. Elle avait pris l'habitude d'attendre des heures entières. Désormais, elle savait que cette attente pouvait se prolonger jusqu'au lendemain. Plusieurs jours même parfois. Ici, le temps semblait stagner comme l'eau d'un marécage et il y avait bien longtemps qu'aucune montre ne fonctionnait plus. Au début, cela l'agaçait. Elle avait vainement essayé de lutter contre cette habitude mais ce combat avait pris fin à partir du moment où elle s'était habituée au style de vie de ce pays, quand elle avait compris qu'il n'y avait pas d'autre solution que de s'en remettre à la chance quand on voulait se rendre d'un endroit à un autre. Les routes vides, sinueuses, semblaient ne pouvoir mener qu'à toujours plus de poussière et de collines désolées. Pas un camion, pas un semblant de voiture ! C'était d'ailleurs ainsi qu'elle avait fait la connaissance de Souad, la sœur de Mahyoub, un jour qu'elle était partie à la découverte des environs immédiats de Sanaa, avec d'autres enseignants de son école, et qu'ils avaient découvert ce village.

Arrivée avec les autres, depuis moins d'un mois, elle avait l'impression ce jour-là de marcher sur des œufs, de s'aventurer sur une mince pellicule de glace. Comme si les murailles de Sanaa leur offraient une sorte de protection, ils se sentaient, depuis qu'ils avaient quitté la ville, au bord d'un gouffre. Aussi, quand leur voiture arriva à hauteur des deux hommes qui leur faisaient signe de s'arrêter, Ingrid et les autres poussèrent un soupir, soulagés que la providence divine leur ait offert le moyen de trouver le chemin de ce village. Et cet endroit allait devenir le pôle central de son existence. C'est là qu'Ingrid était devenue une autre femme, vêtue à la yéménite et capable de faire cuire le pain dans le four traditionnel. Elle y avait appris l'arabe et s'y faisait teindre les mains au henné, en vertu d'une coutume qui remontait au temps du Prophète, quand celui-ci avait voulu distinguer les mains des femmes de celles des hommes.

Ingrid aperçut la vieille qu'elle voyait souvent se rendre à la boutique. Elle la reconnaissait à la couleur du sac de tissu qu'elle tenait à la main car autrement toutes les femmes âgées étaient habillées de la même façon : un drap recouvrant entièrement la tête avec, sur le devant, un voile noir, doux comme de la soie, imprimé de motifs rouges. Ce sac de couleur, elle l'avait toujours avec elle. Au début, Ingrid avait cru qu'elle venait mendier quelque chose parce que les femmes de cette catégorie sociale se rendaient plutôt dans les marchés quand il leur fallait quelque chose, et non pas dans ces boutiques où tout était plus cher et dont la clientèle était composée, pour l'essentiel, d'étrangers ou de fonctionnaires. Il fallait qu'elle soit encore bien naïve pour s'être imaginé qu'elle ferait germer les premières graines de sa mission sur ce terreau fertile ! Elle était allée trouver la vieille femme et l'avait invitée chez elle. L'autre l'avait suivie, comme si elle l'attendait. Elle était entrée avec elle et avait longuement inspecté les lieux avant de se poster devant le miroir pour se contempler en riant. Ensuite, elle s'était approchée du canapé qu'elle avait tâté de la main, pris un cendrier qu'elle avait retourné avant de le reposer à sa place. Elle avait examiné les photos de famille d'Ingrid et palpé le tissu des rideaux. Entrant dans la chambre à coucher, elle s'était assise sur le lit et s'était amusée à rebondir comme une enfant. Elle avait bu son verre de jus de fruits d'une seule traite pour rester ensuite à contempler le visage d'Ingrid, incapable de comprendre ce que celle-ci s'évertuait à lui expliquer en arabe.

Craignant de laisser passer une telle occasion, Ingrid avait cru bon de lui montrer sans plus attendre une image du Christ sur la croix. La femme avait poussé un petit cri en portant la main à sa bouche puis son attention avait été attirée par la théière et son enveloppe tricotée.

Elle avait marmonné quelques mots, comme pour demander si c'était bien Ingrid qui l'avait fabriquée, puis avait eu un rire en désignant l'objet qu'elle s'étonnait, apparemment, de voir emmitouflé de la sorte. Pour finir, elle s'était dirigée vers la porte après avoir regardé Ingrid un long moment en souriant et en hochant la tête, comme pour lui signifier qu'elle serait bientôt de retour.

Par la suite, Ingrid avait appris que la vieille femme se rendait dans cette boutique pour jeter un sort aux rangées d'étagères sur lesquelles étaient empilés les paquets de cigarettes, parce que son gendre, qui venait de quitter sa fille pour une nouvelle épouse, avait l'habitude de se fournir là. Ce jour-là, Ingrid avait compris que sa tâche serait rude, et qu'il lui faudrait très bien connaître la langue du pays, et sa culture.

Des mois passèrent, et Ingrid crut un moment avoir compris la mentalité des habitants du lieu, leur façon d'agir. Puis elle découvrit que plus elle allait au fond des choses, plus elle était déconcertée par le comportement de ces hommes aux traits fins, aux visages toujours souriants et aux regards intelligents.

La voiture finit par arriver. Mahyoub en sortit et, au lieu de rendre à Ingrid le salut qu'elle lui avait adressé, pleine d'impatience, il resta un moment à discuter avec le propriétaire de la boutique. Elle s'efforça d'attirer son attention en agitant la main mais il l'ignorait totalement. Elle finit par ouvrir la fenêtre et par l'appeler pour qu'il l'aide à charger la voiture.

Pour une fois, les bagages ne consistaient pas seulement en vieux magazines étrangers, accompagnés d'un bric-à-brac de petits miroirs bon marché, de feuilles de papier, de stylos parfois à moitié usagés, de boîtes de conserve ou de paquets de corn-flakes. Ce jour-là, il y avait une vraie cargaison : une machine à coudre, un chauffe-biberon, des boîtes de médicaments, des casseroles d'occasion, des allumettes.

Après avoir casé le tout sur la banquette arrière, qu'un accident avait laissée à moitié tordue, Ingrid s'assit sur le siège avant, d'abord seulement inquiète à la pensée que Mahyoub n'avait guère porté attention au chargement, puis réellement préoccupée en remarquant son visage fermé, son peu d'empressement à parler. Elle s'était déjà étonnée quand Souad lui avait fait savoir la veille, par le chauffeur qui faisait la navette avec le village, que c'était Mahyoub qui l'emmènerait. Elle n'avait pas oublié son attitude précédente, son hostilité lors de sa dernière visite au village avant de retourner au Danemark. Elle avait présenté aux hommes le directeur de l'école en demandant au mari de Souad s'il pouvait l'inviter quelques jours pendant qu'elle serait partie. Tous avaient acquiescé d'un signe de tête, tous avec la joue gonflée par leur boulette de qat. Tous sauf Mahyoub qui avait demandé à haute voix en quel honneur ils auraient dû le recevoir. Habituée à l'hospitalité des Yéménites et à les voir accéder à ses moindres désirs, avant même qu'ils soient exprimés, Ingrid était restée un moment stupéfaite et avait fini par répondre, le rouge au front :

— Pour qu'il fasse votre connaissance et qu'il comprenne votre culture !

— Pour nous chercher des poux sur la tête et pour jouer avec nos poignards de ceinture par exemple ?

Ensuite, il lui avait demandé pourquoi elle portait un voile puisqu'elle n'était pas yéménite, et même pas musulmane. Puis il lui avait tendu quelques feuilles de qat en lui proposant ironiquement de s'installer au milieu des hommes. A ce moment-là, les autres l'avaient fait taire tandis que le plus âgé de l'assemblée s'était levé, furieux, pour le foudroyer du regard.

Ingrid avait l'impression que tout en elle était devenu lourd, qu'elle tirait des tonnes derrière elle, comme si les bagages sur la banquette pesaient sur ses épaules, ses bras, et même sa langue. Elle avait l'impression de respirer difficilement. Elle s'imaginait que c'était parce qu'elle ne pouvait rien demander à Mahyoub, ni de ralentir dans les tournants, ni de cesser de faire la course avec les autres voitures. Même ses questions à propos de sa sœur, Souad, ou des autres habitants du village, elle préférait les refouler. Pourtant, le poids qui l'oppressait se fit plus léger grâce à la chanson mélancolique que diffusait l'autoradio à grand renfort de parasites et de crachotements. Malgré cela, elle continuait à se sentir mal à l'aise. L'air buté, lâchant à peine quelques mots, Mahyoub conduisait sans prêter la moindre attention à la route, lâchant régulièrement un soupir ou un gémissement, lui jetant par intervalles un regard interrogateur et sans-gêne...

Elle avait raison de rester sur ses gardes puisque Mahyoub désigna du doigt le voile dont elle avait enveloppé sa tête en lui disant, dans un anglais approximatif, qu'il fallait qu'elle soit chauve, ou bien qu'elle ait les cheveux blancs, pour s'obstiner à le porter ainsi.

— Peut-être, expliqua-t-elle, mais c'est aussi une question de respect.

— Si c'est pour la voiture, ce n'est pas la peine, et pour moi non plus, reprit-il

Sa main s'approcha à nouveau du voile qu'il fit glisser brusquement, découvrant sa chevelure blonde qu'elle avait réunie en une queue de cheval retombant, lourde et dorée, sur ses épaules. Elle n'était pas encore remise de sa surprise qu'il s'écriait :

— Seigneur ! Je crois en Toi ! Seigneur ! Ah oui je crois en Toi maintenant !

L'émotion et la sincérité que trahissait sa voix – alors qu'il se comportait avec un tel aplomb – laissèrent Ingrid encore plus interloquée. Elle finit par se dire qu'il fallait prendre cela comme un enfantillage, sans y chercher rien d'équivoque. D'ailleurs, il lui conseillait maintenant de ne surtout pas montrer ses cheveux aux femmes du village. Sinon, elles seraient bien capables de les lui couper durant son sommeil, par simple jalousie.

Comme cela lui était arrivé en d'autres occasions, elle essaya de le distraire en l'aidant à perfectionner son anglais, le sésame qui lui permettrait d'améliorer sa situation matérielle. Elle lui demandait de construire différentes sortes de phrases, conditionnelles, négatives, au passé, au présent, au futur… Elle était contente de constater qu'il tirait profit de cet exercice mais elle ne pouvait s'empêcher aussi d'être charmée par les exemples qu'il choisissait, à la fois naïfs et cocasses. "Je ne livrerai mon secret à personne, même si on me tranchait la tête et si on me coupait bras et jambes !" proposa-t-il ainsi pour illustrer la tournure négative suivie d'une conditionnelle. Mais quand elle lui demanda de compléter la proposition "J'ai un avion", il s'écria "J'ai un avion, j'ai un avion… et je reste ici à pourrir sans rien faire !" et refusa d'aller plus loin dans l'exercice.

Il ne répondait plus rien à présent. Elle n'arrivait plus à interrompre ses soupirs en lui proposant de reprendre la leçon ou bien en lui prodiguant quelques conseils pour l'aider dans son travail – un tout petit poste dans les services comptables d'une compagnie aérienne. En s'occupant de lui, Ingrid ne cherchait pas à favoriser une personne en particulier mais à accomplir la tâche qu'elle s'était fixée. Elle voulait aider les gens de ce village à ne plus se soumettre à leur destinée en se contentant de répéter *maktoub*, "c'est écrit, c'est le destin". Elle incitait les élèves de l'école à tenter l'entrée à l'université, conseillait aux agriculteurs d'expérimenter de nouvelles semences…

Un autre soupir fit comprendre à Ingrid que Mahyoub allait revenir sur le même sujet : partir, émigrer, connaître une autre vie, plus moderne, boire du Coca-Cola… Elle se souvenait encore de ce vendeur aperçu au marché. Armé d'un petit porte-voix à piles, il avait réussi à drainer vers lui toute la clientèle agglutinée autour de lui comme des mouches sur un pot de miel. Personne n'y avait résisté : les passants bien sûr, mais aussi les policiers, les chiens, les chats et même l'aveugle du coin qui avait voulu le toucher de ses mains.

Encore un soupir et, pour toute réponse à la question d'Ingrid qui lui demandait ce qui lui arrivait : "J'aime mieux ne pas y penser." Elle ne l'interrogea pas davantage. Elle savait combien la vie était difficile, combien il devait se battre pour espérer obtenir une promotion, combien il attendait le visa, promis depuis un an déjà, pour rejoindre un cousin en Arabie Saoudite…

La voiture sautait de cahot en cahot sur la piste pleine d'ornières et de virages. Peu à peu, Ingrid se reprenait. Elle surmontait le malaise qui l'avait gagnée un instant, juste à cause d'un geste déplacé, qui lui avait fait perdre de vue ce qu'elle représentait ici, le but qu'elle s'était donné. A travers le comportement de Mahyoub, dans la voiture ou même avant, elle comprenait qu'il lui fallait accepter une sorte de complicité tacite avec les habitants du village. Elle ne pouvait pas faire irruption dans leur vie, s'introduire dans leur intimité, en restant pour eux un personnage de conte de fées, une princesse retranchée dans son château inaccessible. Elle garda le silence pourtant. Elle ne cherchait plus, comme avant, à argumenter avec Mahyoub quand il se plaignait de son existence et lui demandait de l'aider à s'installer quelque part en Occident. Elle ne lui expliquait plus que c'était une illusion, qu'il était plus heureux ici. Elle ne blâmait plus ceux qui se rendaient en Arabie Saoudite laissant femmes et enfants derrière eux, des années durant. Comme elle aurait voulu pouvoir lui expliquer ce qu'elle avait découvert cette fois, en rentrant dans son pays, comment, une fois là-bas, elle n'avait cessé de repenser à ces montagnes, à ce paradis, à cette vie paisible loin du vacarme partout et toujours, loin des perversions et de la dépravation ! Ici, il y avait dans la vie de tous les jours une liberté totale, sans aucune des entraves de la modernité. La sérénité, elle se trouvait dans ces maisons où il n'y avait pratiquement rien, si ce n'est un lit, quelques assiettes, un point d'eau, une lampe. C'était cela le paradis.

Ingrid se tourna vers lui imaginant comment il se mettrait en colère si elle venait à lui confier cela : "A quoi bon vivre au paradis si c'est pour avoir faim ?" Ou encore, hochant la tête comme s'il était d'accord : "C'est vrai, c'est vrai, mais laisse-nous d'abord essayer l'autre vie. D'abord on travaille là-bas et après on choisit !"

Vraiment ? Accepter, même pour un temps, de telles conditions de vie ? Perdre tout orgueil en nettoyant des toilettes, en faisant briller des lavabos ? En ramassant les crottes des chiens dans les jardins publics avant de passer des heures à se purifier d'une telle souillure ?

Mahyoub était le seul dans le village à ne pas prendre tout ce qu'elle disait pour argent comptant, à ne pas rester bouche bée devant elle, fasciné par tout ce qu'elle pouvait raconter et perdu dans la contemplation de son visage. Au contraire, il discutait avec elle et allait même jusqu'à s'emporter, comme la fois où il s'était écrié après l'avoir entendue vanter les mérites de leur vie tranquille : "Bien sûr ! Toi, en rentrant chez toi, tu peux ouvrir un robinet d'eau chaude, dormir sur un bon oreiller, manger dans une assiette que tu ne partages avec personne, ouvrir une bouteille de lait ou de Pepsi-Cola... Nous, on n'achète pas ces choses-là. Ça, ça se vend dans des magasins où on met tout dans des sacs plastique !"

Il était même allé plus loin en lui reprochant de ne pas donner suffisamment de conseils aux femmes qui avaient des ennuis de santé ou d'autres problèmes. Ingrid avait accusé le coup avant de lui répondre, avec un petit rire nerveux :

— Mais qui suis-je donc pour leur dire de veiller à leur hygiène, de laver leurs cheveux ? Mon rôle, c'est de parler aux intelligences, de m'adresser aux cœurs. Je suis là...

Elle n'avait pas pu terminer sa phrase, Mahyoub brandissait sous son nez un poing presque menaçant :

— Parler aux intelligences ? S'adresser aux cœurs ? En laissant les parasites répandre leurs germes ? En se contentant de regarder quand la bilharziose infecte leurs veines, quand le qat qu'elles mastiquent empêche les mères d'allaiter ?

A ce moment-là, elle s'était souvenue d'autres paroles : "Le qat, c'est une bénédiction du ciel. Sachant notre pauvreté, Dieu nous l'a donné pour que nous le mâchions et que nous nous passions de viande. L'amertume du qat dans notre bouche nous fait oublier les autres douceurs. Goûte, goûte ! Rien qu'une jolie petite feuille bien fraîche ! Et tu verras comme tes yeux se mettront à briller !"

Plutôt que de lui rappeler ce qu'elle avait pu entendre à plus d'une reprise dans la bouche des hommes et des femmes du village, elle avait préféré se défendre :

— Mais je ne fais pas partie d'une mission médicale ! Je n'ai pas les moyens d'améliorer votre situation. Je ne suis pas toute-puissante ! Et puis, tu ne vois pas comme les femmes sont contentes que je vienne ? Est-ce que ma présence ici n'a pas un effet bénéfique, d'une manière ou d'une autre ? Tu te souviens lorsque j'ai voulu réinstaller des ruches, quand je suis allée à…

— Parler aux cœurs ! Comme tu te fais des illusions ! Bien sûr, tu t'imagines que tout le monde t'écoute, te croit, fait comme tu le désires… Tu ne sais donc pas que lorsque tu n'es pas là, notre sujet de conversation, entre hommes, c'est de savoir pourquoi tu n'es pas encore mariée, si tu es encore vierge ou non !

Ingrid avait pris peur. La relation qu'elle entretenait avec le village était-elle à sens unique ? Impossible ! Elle refusait cette manière de voir les choses. C'était parce que Mahyoub était dépressif. Elle savait bien quelles étaient ses relations avec les gens. Elle leur manquait dès qu'elle était obligée de s'absenter…

Coupant court à ses soupirs, Mahyoub sortit de son mutisme et interrompit brutalement le flux de ses pensées :

— Je ne pensais pas que tu me manquerais autant. C'était comme si on m'avait coupé la main. Tous les deux jours, je descendais à Sanaa pour aller frapper à ta porte !

Ingrid s'efforça de rire. Elle lui tapota le bras comme une grande sœur aurait pu le faire avec son petit frère. Elle essaya de lui expliquer qu'elle était devenue comme une cousine pour lui. Mais elle resta totalement désemparée quand il saisit sa main et qu'il l'emprisonna dans la sienne. Il se tourna vers elle, totalement oublieux du volant, et soupira :

— Mon cœur est tombé amoureux. Il ne m'obéit plus. Il n'écoute plus que toi. Si tu lui réponds, il sera heureux. Sinon, tu vas le briser de tristesse…

Sa main continuait à se débattre sous celle de l'homme, exprimant une indignation que trahissaient également ses yeux, ses joues empourprées, sa poitrine oppressée :

— Je veux faire les choses comme il faut, Ingrid, comme un bon musulman. Je veux me marier avec toi, avoir des enfants.

Elle se mit à trembler. C'était bien ce qu'elle craignait. Il s'accrochait à elle comme à une planche de salut. Il tentait le coup du mariage en espérant que cela lui ouvrirait une petite porte de sortie pour quitter son pays et gagner l'Europe. Elle était donc comme les autres, comme Férial, la jeune Turque trompée par Ahmad : il l'avait abreuvée de mots d'amour et, quand ils étaient partis en voyage de noces, il avait disparu à peine arrivé à l'aéroport de Genève. Elle était comme Yvonne, comme... A l'évidence, toutes les étrangères, ici, étaient perçues de la même façon. Elles se ressemblaient toutes, elles n'étaient rien d'autre que des passeports pour l'étranger.

Elle ne répondit rien. Elle le laissa expliquer dans sa langue – elle n'avait plus de problème pour comprendre maintenant – le vide qu'elle avait laissé en partant, sa colère de ne pas avoir son adresse ou son numéro de téléphone. Il était même allé trouver le directeur de l'école qui s'était débarrassé de lui en lui affirmant qu'il n'avait rien. Il avait eu peur qu'elle ne revienne pas et il avait songé un moment partir au Danemark, d'une façon ou d'une autre, pour la chercher...

Ingrid ne put s'empêcher de se moquer de lui :

— Quelle bonne idée ! Le Danemark, c'est tout à fait comme ici. Tu n'aurais eu qu'à grimper sur une montagne, hurler mon nom et je serais accourue !

Les phrases affluaient sur ses lèvres mais d'anciennes images lui revenaient également : un jour où elle était entrée dans la pièce où se tenaient les hommes, Mahyoub ne lui avait pas serré la main et l'avait ignorée ostensiblement pour poser sur Marcel, le directeur de l'école, un regard suspicieux, voire hostile ; sa sœur, Souad, l'avait accueillie plus chaleureusement encore qu'à l'habitude, et elle avait essayé de savoir si Marcel était son fiancé.

Comment pouvait-il la harceler de la sorte maintenant ? En abandonnant toute convenance, ce qu'il n'aurait jamais fait avec une Yéménite ou même une autre femme arabe ? Parce qu'elle avait les yeux bleus ? Mais alors, n'était-elle pas une religieuse, n'était-elle pas venue en missionnaire ?

Le regard d'Ingrid, d'un bleu parfait, pouvait s'emplir de larmes au moindre incident : une brise qui se levait, un rayon de soleil trop brillant, des oignons qu'on faisait frire devant elle, un mot tendre... Elle avait un tout petit nez, éternellement enrhumé, des lèvres impossibles à décrire tant elles pouvaient changer d'expression : fermées sur un sourire, pincées quand elle réfléchissait, perpétuellement agitées quand elle parlait ou quand elle respirait. Si elle renversait la tête en arrière pour rire, sa bouche dessinait l'entrée d'une grotte sombre au fond de laquelle brillaient les dents, comme des cailloux blancs.

Ce n'était pas seulement sa taille qui la distinguait des habitants du pays mais aussi la couleur de sa peau, de ses cheveux... Tous les regards étaient attirés par elle, même ceux des animaux. Iftikar n'avait-elle pas affirmé que sa vache la regardait sans cesse et même qu'elle tournait la tête pour la suivre quand elle se déplaçait ? Et Husniyya que toute la basse-cour se tenait tranquille en sa présence, sauf le coq qui se mettait tout à coup à chanter ?

Cela lui faisait du bien de repenser à cela, surtout quand Ingrid se souvenait de cette autre image enfouie au fond de sa mémoire, cachée à tout le monde, y compris à ses collègues de l'école, celle d'elle-même en tant que missionnaire. Sans doute, elle racontait aux hommes du village des récits tirés de l'Evangile et elle leur parlait de la vie de Jésus, en comparant et en discutant tous les épisodes communs au Nouveau Testament et au Coran. Mais ce n'était qu'un point parmi d'autres par rapport à tout ce qu'elle essayait de leur faire découvrir : la rotondité de la Terre, la conquête de l'espace, les famines qui avaient également sévi en Europe, les problèmes sociaux, le chômage, les sans-abri, même en Amérique, les découvertes de la médecine… Tout cela, elle en parlait en faisant circuler des images découpées dans la presse ou même dans des livres.

Une missionnaire ? Elle dansait avec les femmes ! Elle adorait la musique, les histoires, les ragots sur l'une ou l'autre. Avec elles, jamais elle n'abordait les questions de religion. Elle savait que cela aurait pu être dangereux pour elles toutes. C'était avec les hommes qu'elle discutait, pour qu'ils en parlent eux-mêmes avec leurs femmes, ensuite.

Peu à peu, elle retrouvait son calme même si elle restait troublée par cette déclaration qui pouvait l'obliger à rompre avec le village. Une décision d'autant plus pénible qu'elle ressentait plus que jamais le besoin d'appartenir à ce monde après avoir rompu avec le sien. Elle avait écourté sa visite au Danemark et choisi de repartir, ayant perdu tout intérêt pour ce pot de Nescafé qui lui avait paru, avant son retour, la plus belle chose du monde, quand elle contemplait la tasse rouge dessinée sur l'étiquette, flottant sur un océan de grains, et que son imagination l'entraînait vers des horizons lointains, habités par la nostalgie de sa vie là-bas, dans son pays. Une fois revenue, elle avait découvert qu'elle n'y trouvait plus aucun plaisir, que le goût n'était pas celui dont elle se souvenait. Elle n'éprouvait plus aucune joie à cette existence bien réglée, froide, à la manière dont les gens menaient leur routine de tous les jours, tellement organisée, sans la moindre surprise, sans spontanéité, sans un minimum de désordre pour faire monter un peu de fièvre dans le thermomètre de l'existence.

Une fois là-bas, elle avait eu la nostalgie des ruelles poussiéreuses, des mouches auxquelles elle avait fini par s'habituer, malgré tout, au point qu'elles lui manquaient presque, de la poignée de main échangée avec le patron de la boutique, cette même main qui venait de puiser une poignée d'olives et de trancher un morceau de fromage, en trouvant le temps, au passage, de se poser sur le nez de son propriétaire.

En apercevant des familles entières cheminant dans la pierraille sur les pentes des montagnes tachetées comme une peau de léopard, Ingrid avait su qu'elle approchait. Elle avait appris à reconnaître la couleur des rochers, la silhouette des rares arbres. Très vite, surgis de nulle part, les enfants arrivèrent en criant : "Amina ! Amina !" C'était son nom au village. Les femmes sortirent de chez elles comme des lapins de leur terrier, juste comme Mahyoub lui tendait un bouquet de fleurs des champs, parmi lesquelles s'étaient glissées quelques tiges de qat. Elle tint les fleurs d'une main, prenant de l'autre son sac à main et quelques affaires, préférant laisser le reste dans la voiture jusqu'à la tombée de la nuit de peur que toutes les femmes ne se précipitent à la fois.

Sortie de la voiture, elle tenta d'embrasser tous les enfants agglutinés autour d'elle en criant son nom puis elle leur demanda d'aller prévenir

Souad de son arrivée : “Le premier arrivé aura un bonbon.” Ces mots eurent un effet instantané et ils détalèrent comme un troupeau de chèvres de toutes les couleurs, galopant sur les pentes dénudées. D’autres enfants arrivaient des alentours, encore plus nombreux, mais elle finit par atteindre la maison où les femmes s’étaient assemblées pour l’accueillir. Il y avait aussi quelques hommes qui faisaient bande à part. Leurs appels parvenaient aux oreilles d’Ingrid en train d’embrasser les femmes et, brusquement, c’était son nom que renvoyait l’écho de la vallée.

A nouveau, Ingrid se sentait comme une reine, avec une escorte d’enfants accrochés à sa robe et à son bras serré contre le sac à main et les sacs plastique.

Des cris s’élevaient : “Amina, Amina !” Souad accourut, la prit dans ses bras et, soulevant son fichu, glissa un brin de basilic derrière son oreille tout en lui reprochant d’être restée absente si longtemps. Une vieille femme s’efforçait de se faire entendre : “Fatima va avoir un bébé à l’hôpital !”

L’idiot du village arriva en courant et, tout à coup, se planta devant elle. Ingrid lui tendit la main pour lui dire bonjour et lui demanda de ses nouvelles. Il se contenta de hocher la tête et de taper du pied par terre. Devant les flots de poussière qui s’élevaient, une des femmes lui cria d’arrêter : “Ça porte malheur, mon vieux, c’est comme si tu creusais ta tombe !”

Les enfants étaient restés et le vacarme n’en était que plus terrible. Souad prit Ingrid par la main et l’entraîna à l’intérieur de la maison. Tout le monde les rejoignit dans la grande salle aux murs chaulés, totalement vide hormis quelques coussins colorés qui traînaient sur le sol, ainsi qu'un tas de vêtements posés sur le large rebord de la fenêtre. La pièce bourdonnait comme une ruche. Souad apporta des galettes de pain et Iftikar la cafetière en acier inoxydable pour commencer à remplir les tasses.

— Tu as voyagé seule dans l'avion ? demanda Souad. J'aimerais bien le prendre une fois moi aussi, poursuivit-elle en étendant les bras comme deux ailes avant de tempêter contre les enfants qui avaient presque réussi à s'échapper avec les sacs.

Elle les ramassa et les mit à l'abri de leurs regards pleins de convoitise qui se tournèrent alors vers Ingrid.

— Je bois un café, les rassura-t-elle et je vous appelle. Comptez jusqu'à cinq en anglais.

Les femmes échangeaient entre elles différents commentaires à son sujet, comme si elle n'était pas là. L'une trouvait qu'elle avait pris du poids et qu'elle ne ressemblait plus autant à une sorte de grand chameau décharné ; l'autre racontait que le diable lui avait soufflé à l'oreille qu'elle était morte et qu'elle ne reviendrait plus.

— Moi, l'interrompit Souad, j'ai cru qu'elle s'était mariée. La dernière fois je lui avais dit : "Marie-toi et c'est moi qui mettrai ton enfant au monde, avec Intisar. – Si Dieu le veut !", elle m'avait répondu en souriant ce jour-là.

— Toi et Intisar vous mettriez son enfant au monde ! s'exclama la vieille femme. Ça, il n'y a que Dieu pour le faire. Les étrangères, elles ont un caillou dans le vagin et il leur faut au moins un an pour accoucher ! Et puis leurs nouveau-nés, ils ont tous une tête énorme !

— Fatima, elle en a eu quatre et ils sont tous morts ! reprit Souad pour ramener la conversation sur le sujet qui l'intéressait.

— Le bébé d'Amina, répondit la vieille, il ne voudra jamais venir au monde dans une maison comme celle-là. Il voudra naître à l'hôpital.

Les enfants étaient revenus après avoir compté au moins jusqu'à vingt. Ils se tenaient debout et leurs yeux inquisiteurs cherchaient encore les sacs. A force d'être restés dehors à jouer parmi les saletés, ils avaient tous les cheveux emmêlés, des petits pieds noirs de crasse et des visages marqués par le soleil, la soif et les maladies de peau. A leurs appels à l'attention d'Ingrid se mêlait la voix du mari de Souad qui demandait à sa femme pourquoi l'invitée ne venait pas saluer les hommes. La vieille femme se tourna vers Ingrid : "Va voir les hommes. Montre-leur tes beaux cheveux doux comme de la soie pour qu'ils soient contents. Et puis Abou Mouhammad, l'aveugle, laisse-le les sentir un peu, ce pauvre malheureux !"

Tout le monde éclata de rire. Souad leur fit un geste de la main et demanda à Ingrid si elle voulait se rafraîchir après le voyage. Elle l'entraîna jusqu'au cabinet de toilette en passant par la cuisine devant le réchaud à alcool et les quelques assiettes restées sur l'évier. Ingrid pénétra dans la petite pièce, très sombre, totalement vide s'il n'y avait eu la jarre qui servait de réserve d'eau.

Elle resta seule dans l'obscurité. Elle se détendait, peut-être parce que la pièce était cachée tout au fond de la maison avec seulement une mince ouverture fermée par une vitre, ou bien encore parce qu'elle se retrouvait face à elle-même dans ce lieu. Elle prit sa tête entre ses mains et s'efforça d'arrêter la sarabande de ses pensées qui dansaient en tous sens, comme un ballon sur un terrain de football. Elle ne voulait pas croire à la fin de sa relation avec les gens de ce village, simplement à cause de Mahyoub, mais elle imaginait facilement les suites possibles de l'incident, comme une tache d'encre s'étalant sur un buvard… Avant de sortir, il lui fallut bien reconnaître en elle-même qu'elle était devenue trop sensible, maladivement sensible.

Elle finit par se soumettre aux injonctions de Souad et entra dans la pièce des hommes, la plus belle de la maison, comme suspendue entre ciel et terre grâce à toutes ses larges fenêtres ouvertes sur les montagnes, les cultures en terrasses, les nuages, les étendues désertiques. Des volutes de fumée flottaient dans l'air comme les fils d'un cocon qu'on dévide. Les tuyaux colorés des narguilés rampaient par terre entre les coussins, se glissaient entre les doigts pour atteindre les bouches déformées par les feuilles de qat qui garnissaient également les tables basses. Les regards exorbités donnaient aux hommes l'air d'être à la fois présents et absents.

Ingrid s'avança à l'intérieur de la pièce, mais sans retrouver les sensations d'autrefois. Elle se sentait sèche comme un vieux morceau de bois. Elle ajusta le voile autour de ses cheveux. Le regard de Mahyoub dressait entre le village et elle une barrière qui paraissait infranchissable. Elle s'assit avec gêne et sourit. Mal à l'aise, elle laissa échapper un rire forcé, malgré tous ses efforts pour se maîtriser et pour se montrer aussi aimable, aussi tolérante qu'à l'habitude, répondant à leurs questions, à leurs interrogations, et même à leurs innocentes taquineries. Elle se mit à lire, ou encore à réciter de mémoire, des histoires tirées de l'Evangile et ils redevinrent des enfants, brusquement très attentifs, manifestant à voix haute leurs sentiments…

Un jour, elle leur avait raconté la scène qui s'était déroulée entre Jésus et ses apôtres, dans le jardin de Gethsémani, quelques heures avant la crucifixion. "Mon âme est triste à en mourir… Restez ici et veillez avec moi", leur avait-il confié et, malgré cela, ils s'étaient tous endormis, l'abandonnant à sa solitude. Saïd s'était levé d'un coup sous l'emprise de l'émotion pour maudire ces femmelettes qui se prétendaient des hommes. Le mari de Souad avait rappelé un épisode de la vie du Prophète, quand, caché dans une grotte avec le fidèle Abou Bakr, une tourterelle s'était mise à couver ses œufs devant l'entrée en travers de laquelle une araignée s'était empressée de tisser sa toile : "Mais en entendant claquer sur le sol les sabots des montures que chevauchaient les mécréants, Abou Bakr aurait pris peur si le Prophète ne l'avait pas rassuré en lui disant que Dieu était avec eux."

Le trouble d'Ingrid était évident, surtout sous le regard fermé de Mahyoub. Les hommes finirent par s'en rendre compte et se mirent à chuchoter entre eux : Ingrid n'était plus avec eux, elle allait sûrement se marier là-bas et les abandonner… Elle réussit tout de même à se reprendre et elle sortit jouer avec les plus petits. Assise par terre, ils faisaient cercle autour d'elle pendant qu'elle tirait des sacs plastique crayons, carnets, images, bonbons, chewing-gums et jouets… Elle ne prêtait pas attention aux femmes qui continuaient à discuter d'elle, comme si elle n'était pas là, et se plaignaient à nouveau de sa longue disparition. Des mois durant… une demi-année… Ingrid faisait le calcul dans sa tête : à peine plus d'un mois en réalité ! A nouveau, elles revenaient sur le même thème : s'était-elle mariée pour être aussi différente ? Souad intervint : "Elle a partagé notre eau : elle ne pourra épouser qu'un de nos hommes !"

Ne devait-elle pas se lever pour fuir leurs commérages ? Leur expliquer calmement ce qu'il en était en leur demandant de ne plus se comporter ainsi et d'accepter qu'il y ait des femmes qui n'étaient pas faites pour le mariage et les enfants, sans pour autant lui jeter des regards aussi apitoyés ?... Mais elle resta sans la moindre réaction, en proie aux sentiments qui bouillonnaient en elle et la rendaient si nerveuse qu'elle avait ôté la tige de basilic glissée à son oreille en murmurant : "Ce basilic ! Il sent tellement fort qu'il me donne mal à la tête !"

Pourtant, peu à peu, les sourires des enfants arrivèrent à la réconforter. Elle reprit la tige de basilic et la glissa dans l'échancrure de sa robe. Ses yeux erraient par-delà la porte, au-delà du paysage devant la fenêtre. Les hurlements d'un chien arrivaient jusqu'à ses oreilles. Quelqu'un devait être en train de le chasser, pensa-t-elle. Les voix des femmes lui parvenaient de très loin... Les conversations des hommes semblaient résonner au fond d'une caverne...

Elle resta assise à sa place, refusant de retourner dans la pièce où se tenaient les hommes comme elle le leur avait promis, bien que le mari de Souad soit venu manifester sa présence en se raclant la gorge tout près d'elles. Souad, inquiète, lui demanda si elle était malade. Ingrid faisant non de la tête, elle poursuivit : "Tu dois avoir le mal du pays, alors..."

En réalité, Ingrid pensait au retour à Sanaa. Elle aurait voulu voyager seule, pour réfléchir tranquillement à ces sentiments qu'elle n'arrivait plus à chasser, et qui faisaient irruption, hors de tout contrôle, comme une grosse gousse d'ail qui échappe au pilon et roule dans le mortier. Elle avait l'impression que les battements affolés de son cœur résonnaient comme des cloches d'église. Elle ne pouvait pas en vouloir à Mahyoub s'il avait brisé leur amitié en cherchant son propre intérêt. Elle-même avait peut-être agi ainsi. La douleur augmentait. Elle s'adressait des reproches : si seulement elle n'avait pas autant souri, autant parlé, autant plaisanté ! Si elle avait pu se contenter de sa relation avec Souad et avec les autres femmes ! Sans se laisser entraîner à parler d'Aïcha, la Mère des croyants, la première des épouses du Prophète, alors qu'elle était en train de raconter l'histoire de Marie Madeleine ! Si elle n'avait pas répondu à…

Malgré les pensées qui la tourmentaient, Ingrid finit par s'allonger à côté de Souad en train de ronfler. Elle avait renoncé à discuter jusqu'à l'aube comme il le leur était arrivé à bien des reprises, à propos de tout, quand bien même elles ne comprenaient que quelques bribes de ce que racontait l'autre. Cela ne les empêchait pas de parler, de se parler à elles-mêmes.

Ingrid se leva doucement, tout en sachant que Souad était debout depuis quelque temps déjà. Elle enfila la robe qu'elle avait laissée à côté du lit et se glissa vers le balcon. Elle n'avait pas envie de contempler ce paysage pour lequel elle avait peut-être hâté son retour… Mais elle ne put s'empêcher de rester figée sur place en découvrant la vue : la brume du matin s'élevait le long des pentes et glissait au fond des vallées ; la fumée de quelques foyers s'élevait jusqu'à ses narines ; les cubes colorés des maisons étaient éparpillés parmi les cultures en terrasses ; on avait mis à chauffer les marmites et les bouilloires, allumé les fours à pain…

Son attention se concentra sur un des feux et sur la femme qui était en train de préparer le pain et de faire la cuisine. Qui était-ce ? Comment avait-elle trouvé le temps d'être habillée de pied en cap : le large pantalon bouffant, la jupe, la ceinture, les colliers, le foulard autour de la tête… On aurait dit une grosse fleur avec d'étranges couleurs ! Elle se rendit compte qu'elle essayait d'apercevoir la voiture de Mahyoub. Elle aurait voulu qu'un messager vienne annoncer qu'ils rentraient à Sanaa. En apercevant le véhicule garé sous un des rares arbres du village, il lui vint à l'esprit d'aller réveiller son propriétaire. Mais elle repoussa pareille idée comme la peste et elle se reprocha d'y avoir seulement songé. Elle s'en voulait encore tandis qu'elle s'écartait de la fenêtre, prête à se retourner… Est-ce qu'elle avait oublié cette fois où elle était allée le trouver, est-ce qu'elle ne l'avait pratiquement pas tiré de son lit quand Souad était malade ?

C'était sa seconde visite au village. Elle venait de faire la connaissance de son amie qui l'avait invitée à venir passer quelques jours. Ingrid avait accepté d'autant plus facilement que le mari de Souad se trouvait alors en Arabie Saoudite. Sans parler du sourire de la jeune femme, de sa chaleur, de son hospitalité. La voiture qui l'avait amenée depuis Sanaa ne s'était pas arrêtée que les enfants l'entouraient déjà en répétant le nom de son hôte. Elle hochait la tête en souriant, heureuse de cet accueil, sans remarquer l'anxiété dans leur voix, sans comprendre pourquoi cette femme arrivée en courant répétait ce nom au chauffeur de la mission, en désignant du doigt la maison de Souad. Tous deux croyaient que c'était seulement une manière de les accueillir et Ingrid ne comprit la réalité qu'en entrant chez son amie qu'elle découvrit dans son lit, sous une montagne de couvertures et de vêtements chauds entassés par les voisines, malgré la chaleur qui semblait suinter des murs ce jour-là. Souad n'arrivait plus à bouger, sauf pour vomir. Elle avait perdu tout espoir de mettre un terme à la diarrhée qui la vidait totalement. Par les femmes qui se tenaient à côté, le visage grave, et qui posaient à tour de rôle des compresses d'eau chaude et de vinaigre sur le front de la malade, Ingrid apprit que celle-ci souffrait ainsi depuis plusieurs jours. Elle se précipita à la fenêtre pour apercevoir, au fond de l'horizon, la voiture de la mission, pas plus grosse qu'un insecte au milieu des montagnes. Elle se retourna en se demandant si elle pourrait être utile ou bien s'il lui faudrait se contenter de rester assise à côté de Souad, parmi les femmes qui arboraient des mines de circonstance. Elle rentra dans la pièce pour demander s'il y avait un téléphone puis ressortit, contemplant, désespérée, cette nature d'une tranquillité désespérante. Tout à coup, son regard se posa sur une voiture garée, au fond de la vallée, à côté d'une maison. Non, ce n'était pas vrai ! Elle se pinça pour y croire, comme on dit dans les histoires, avant de se précipiter à l'intérieur de la pièce, faisant de grands gestes en direction de la voiture, priant pour qu'on ne lui dise pas qu'elle était en panne. La plupart des femmes firent cercle autour d'elle, hochant la tête pour marquer leur désapprobation. L'une d'elles alla même jusqu'à cracher par terre en signe de colère. Ingrid finit par comprendre que la voiture appartenait à un certain Mahyoub, le propre frère de Souad. Elle voulut savoir pourquoi personne ne l'avait prévenu pour qu'il apporte son aide mais elle perdit patience en les voyant se frapper la poitrine et se lamenter et elle se dépêcha de trouver des enfants pour le faire chercher.

Mahyoub ne s'était pas empressé de venir, comme elle se l'était imaginé. Les enfants étaient revenus en disant qu'il dormait, et qu'on n'avait pas voulu le réveiller. Le sang d'Ingrid n'avait fait qu'un tour. Elle avait dévalé la pente sans prendre garde aux pierres qui roulaient sous ses pieds, accompagnée par les cris de la petite troupe d'enfants. Quelques femmes qui lavaient le linge ou qui pétrissaient la pâte à pain avaient levé la tête à ce spectacle. Elle s'était retrouvée dans une grande pièce décorée de tapis bon marché, par terre ou bien accrochés aux murs. Il y avait des rideaux aux fenêtres et des banquettes avec des coussins le long des murs. Une chose de couleur s'était mise à bouger pour s'installer sur les coussins. En anglais, Ingrid avait expliqué que Souad était en train de mourir de déshydratation et qu'il fallait absolument la conduire à l'hôpital pour la mettre sous perfusion.

Elle n'arrivait pas à croire qu'on puisse lui répondre d'une voix aussi indifférente, se comporter d'une manière aussi nonchalante. L'homme lui expliquait que Souad ne pouvait plus marcher et que ce ne serait pas facile de la descendre sur un brancard : la maison, bâtie sur un nid d'aigle, était vraiment difficile d'accès. Ingrid avait cru un moment qu'il n'était pas bien réveillé et qu'il ne se rendait pas compte de l'état de santé de sa sœur. Elle lui avait expliqué ce qu'il en était, calmement, et l'homme – Mahyoub – lui avait répété ce qu'il lui avait déjà dit, tout aussi calmement. Elle s'était mise alors à hurler : “Et qu’est-ce que vous direz à son mari quand il rentrera, si votre sœur meurt ? Comment vous présenterez-vous le jour du Jugement dernier ? Où est-ce que vous vous cacherez ce jour-là ? Quelle sera votre récompense pour une telle conduite ? Le chemin n’était pas facile, la maison de ma sœur était tout en haut de la montagne et mon beau-frère était loin…”

En entendant ces cris, Mahyoub s’était levé et avait appelé d’autres hommes pour qu’ils l’aident à descendre Souad, enveloppée dans une couverture, afin de l’emmener à l’hôpital. Ingrid avait compris à cette occasion qu’on s’inquiétait moins de l’issue d’une maladie quand il s’agissait d’une femme. Elle se souvenait de ces cimetières où l’on trouvait une pierre pour marquer la tombe d’une femme, deux pour celles des hommes. Sans doute, elle savait que la vie n’était pas douce en cet endroit, mais elle n’arrivait pas à comprendre le comportement de Mahyoub vis-à-vis de sa sœur, surtout après avoir constaté combien ils se ressemblaient, par exemple quand Mahyoub se couvrait la tête, ce qui lui donnait l’air d’un héros tout droit sorti d’un conte des *Mille et Une Nuits*. Un crâne légèrement aplati à l’arrière à force d’avoir été serré dans les langes à la naissance, des traits extrêmement fins, des yeux resserrés, comme deux perles noires, un nez étroit… Un corps mince, des mains aux doigts effilés, comme s’ils avaient trop servi. Ses cheveux frisés étaient collés à la brillantine sur le côté. Ingrid lui avait demandé un jour pourquoi il se coiffait ainsi et, se jetant un coup d’œil dans le rétroviseur de la voiture, il s’était contenté, pour toute réponse, de lisser sa chevelure de la main…

Ingrid s'efforça de cacher son trouble à Souad mais comment pouvait-elle lui dissimuler les plaques rouges qui faisaient irruption sur sa gorge et sur le haut de sa poitrine chaque fois qu'elle se trouvait dans cet état ? D'autant plus que son amie avait des antennes pour ce genre de choses. Elle pouvait remarquer les petites veines qui rougissaient au fond de ses yeux, le moindre pli sur son front, le moindre froncement de ses sourcils, ses doigts noués et, surtout, le ton de sa voix, sa manière de faire couler les mots doucement ou bien au contraire de les faire claquer. Elle se rendait compte quand elle ouvrait trop grande la bouche pour manger, quand elle avait du mal à avaler sa salive...

Ingrid invoqua tous les prétextes pour rentrer à Sanaa : le vendeur d'eau avait certainement négligé, comme à son habitude, de fermer le robinet et le jardin allait être inondé... "Mais ce serait une bénédiction ! répondit Souad. Tout le quartier va en profiter et fera des vœux de bonheur et de prospérité pour toi et pour tous ceux qui sont autour de toi !" Elle s'exclama tout à coup qu'elle avait oublié d'emporter avec elle les devoirs des élèves pour les corriger. "Mais je t'ai déjà vue en éliminer une pile entière comme les brins d'herbe sous la dent des moutons !" la corrigea Souad en saisissant sa main qu'elle se mit à couvrir de baisers, sur la paume, sur les doigts.

Ses petits yeux étaient fermés, sa peau aussi dorée et douce qu'un abricot. Elle revint à elle et retrouva toute son énergie pour proposer gaiement : "Buvons un café ! Je te dirai ton avenir." Faisant la sourde oreille aux protestations d'Ingrid, elle lui tendit une tasse. Ingrid refusant absolument de boire, elle reversa dans la cafetière le contenu de la tasse qu'elle fit rouler entre ses doigts : "Je vois un homme qui parle. Ce doit être Mahyoub qui s'est déclaré..."

Ingrid n'eut pas le temps de réagir que Souad s'était déjà lancée dans un long discours passionné. Elle se sentait à la fois gênée, interdite, et passablement irritée. On aurait dit que Souad descendait le cours d'une rivière dont elle épousait les moindres méandres. La poitrine, les yeux, les traits du visage, la tête entière accompagnaient les mains qui s'agitaient, s'immobilisaient, se désolaient, riaient... Le long collier d'argent scandait les paroles... Ingrid ne comprenait pas tout mais elle saisissait très bien que Mahyoub était tombé amoureux d'elle, que son absence l'avait rendu malade, "jaune comme un coing et tellement maigre qu'il ne pesait guère plus qu'un nouveau-né".

Elle se contenta de hocher la tête. Savoir que Mahyoub était sincère, qu'elle n'était pas seulement pour lui une porte de sortie vers l'Europe, l'apaisait un peu. Mais Souad exigeait une réponse. Elle voulait savoir si elle acceptait d'épouser son frère pour être libérée du poids qui pesait sur ses épaules depuis la mort de sa mère. Elle voulait donner à ces vieux os le repos de la tombe et les délivrer du tourment de savoir que Mahyoub vivait sans personne pour lui préparer un thé ou un café, pour lui dire bonjour le matin à peine l'aube levée. "Mais pourquoi moi ?" ne cessait d'interroger Ingrid à intervalles réguliers durant ce déluge de paroles. Le flot ne tarit pas pour autant, bien au contraire : parce qu'elle était cultivée, qu'elle lisait des livres, qu'une Yéménite qui aurait fait des études aurait exigé une dot beaucoup trop importante tout en refusant de s'occuper de la maison et de veiller à tout... "Dieu te protège !

Tu as vite appris à cuire le pain même si tu t'es un peu brûlée au début, tu m'aides à nettoyer la maison comme une femme d'ici, même si tu lis des livres et si tu passes ton temps à noircir tous ces papiers."

Ingrid n'avait pas le temps de répondre. Elle cherchait les mots justes, des mots qui ne blesseraient pas mais qui seraient suffisamment fermes pour qu'il ne soit pas nécessaire d'y revenir. Souad ne lui en laissait pas le temps. Elle lui prit la main, l'embrassa encore et encore, des baisers qui se posaient au creux de la paume comme des papillons. Elle attrapa son collier – des pierres rouges avec une pièce d'une livre en or au milieu – et essaya de le détacher. Elle n'y arriva pas et se tourna vers Ingrid pour lui demander son aide. Ce que fit celle-ci, machinalement, avant de comprendre ce que signifiait un tel cadeau, et le fait de l'accepter. En visite, s'il lui arrivait de refuser tel ou tel fruit, tel ou tel plat, elle était certaine de se les voir offrir à la porte de la maison au moment du départ. Si elle observait un peu attentivement un objet quelconque, un plateau de paille par exemple, ou même si elle se contentait de poser une question à ce sujet, la maîtresse de maison s'empressait de le lui offrir. Souad lui offrait ce qu'elle avait de plus cher au monde en gage d'affection.

Elle tenta d'expliquer à son amie qu'elle n'avait jamais imaginé se marier et que si elle en avait eu l'idée, elle ne l'aurait pas fait ainsi, que Mahyoub était comme un frère pour elle. Souad ne l'écoutait pas. Un flot continu de paroles se déversait toujours de sa bouche. Elle lui parla si affectueusement de Mahyoub que les larmes lui vinrent aux yeux. Elle pleurait, elle reniflait, et

Ingrid dut lui tapoter l'épaule pour la consoler. Elle y avait mis trop d'énergie car Souad s'arrêta brusquement, comme si elle ne s'attendait pas à un tel geste de la part d'une femme si calme d'ordinaire. Mais elle n'écouta pas ce que disait Ingrid, elle n'y prêta pas la moindre attention car elle avait décidé qu'elle réussirait à convaincre cette amie si généreuse, et même parfois un peu naïve tant elle prenait tout ce qu'on lui affirmait au pied de la lettre. Elle fit une nouvelle provision de mots et d'arguments pour amorcer un nouveau déluge : "Tu peux chercher au ciel, tu peux creuser les entrailles de la terre, jamais tu ne trouveras quelqu'un qui t'aimera ainsi. Les hommes de ton pays, ils ont comme toi des cheveux dorés et des yeux bleus, et tu auras toujours une rivale là-bas."

En prononçant ces paroles, Souad songea soudain à quelque chose. Elle se tourna vers Ingrid avec un grand sourire, en disant, comme pour elle-même : "On viendra de tous les villages des environs pour te voir. Ce ne sera pas rien. Quand on nous reprochera quelque chose, quand on nous en voudra pour une histoire quelconque, il te suffira d'étaler tes cheveux blonds sous leurs yeux. Et Mahyoub sera l'homme le plus important du village. Les femmes viendront de partout pour te demander conseil en cas de maladie ou seulement pour rester un peu avec toi. On te donnera les plus belles feuilles de qat..."

Ingrid laissait Souad se bercer de paroles. Elle sourit en s'étonnant de se sentir si calme tout à coup. Souad parlait sans répit, répétait ce qu'elle avait déjà expliqué, pour être certaine qu'Ingrid l'avait bien comprise, que rien ne lui avait échappé, comme si tout ce que son amie avait pu lui expliquer n'avait aucune importance, même son refus de se marier, pas plus aujourd'hui que demain, parce que sa vraie famille, c'était l'humanité tout entière. Les personnes âgées du village qu'elle considérait comme ses propres parents, les hommes et les enfants qui étaient pour elle comme des frères ou comme ses enfants à elle, les femmes pareilles à des mères ou à des sœurs, tout cela s'était évanoui comme une bulle de savon. Elle avait décidé de retourner à Sanaa dès que possible. Ce sentiment d'harmonie qui la gagnait chaque fois qu'elle ôtait ses chaussures pour s'asseoir à même le sol avec les femmes avait totalement disparu. Ce qui lui faisait envie alors, c'était de s'asseoir seule dans son jardin, à Sanaa, pour retrouver un peu de quiétude, loin de cette foule et ce bruit perpétuel.

De fait, Ingrid quitta le village. Sur l'insistance de Souad, ce n'était pas le chauffeur qui l'avait ramenée dans son camion, moyennant finance, mais Mahyoub. Souad avait quasiment poussée de force son amie dans la voiture et Mahyoub n'avait pas ouvert la bouche de tout le voyage, ce qui n'avait pas contribué à détendre l'atmosphère. Ingrid n'avait aucune envie de cela. Elle essaya de lui parler mais il restait muet, se contentant de lâcher de gros soupirs.

A peine assise sur sa chaise, face à la ruelle, au sable, au néant, Ingrid s'ennuyait déjà. Elle aurait voulu faire le vide dans sa tête mais elle se surprenait au contraire à évoquer toutes sortes de choses, en particulier ce lourd silence dans la voiture, pendant le retour. Le visage crispé de Mahyoub n'était qu'un reproche muet.

Elle avait la clé du bonheur mais elle préférait la faire tourner entre ses doigts, jouer avec elle, plutôt que de s'en servir pour ouvrir les portes de la félicité. Comme si, comme si...

Jamais Ingrid ne s'était sentie aussi indécise, faible, presque abattue. Elle comprenait qu'elle n'avait jamais réellement partagé les sentiments que pouvaient connaître ceux qu'elle exhortait à la patience face aux épreuves. Elle se souvenait à présent de ce chameau qu'elle était allée voir dans une sorte de grotte dans les souks de Sanaa. Elle avait interrogé un homme assis au milieu des sacs de farine. Il avait incliné la tête et posé ses deux mains sous sa joue en répétant : "Chameau, dormir, fatigué !" Il avait fini par lui expliquer qu'il s'en servait pour faire tourner la meule et qu'il était au repos. Quand elle lui avait demandé pourquoi il ne le changeait pas pour un autre, il avait répondu en riant : "Il en mourrait de ne pas travailler ! Il aime ça. Je dois lui bander les yeux pour qu'il n'ait pas le vertige, et il croit qu'il rêve qu'il est en train de tourner en rond. Il travaille et il se repose. Il se repose et il travaille !"

Penser à ce chameau poursuivant ainsi sa routine, à son propre rythme, attaché à cette meule, tournant dans une cavité plusieurs fois séculaire, la réconfortait. Elle était comme lui : elle tournait, les yeux bandés, et secouait la tête pour se libérer de ce qui l'enserrait, un peu comme ce nœud de fils électriques qu'elle avait vu autour d'un poteau quelque part dans la ville. Elle se sentait mieux. Elle cherchait un appui pour se défaire de ce carcan qui l'oppressait. Il fallait regarder la vérité en face. Etre sincère avec soi-même, c'était l'unique moyen de se débarrasser des prétextes et des faux-semblants pour voir les choses comme elles étaient, comme si elles se trouvaient sur une table, à portée de main, sous ses yeux. C'était elle qui était à blâmer. Mahyoub et Souad avaient raison. Elle se comportait avec eux deux, et avec le reste du village, comme le soleil couchant qui a l'air de faire un clin d'œil juste avant de se cacher derrière les nuages, pour réapparaître à nouveau un court instant et disparaître progressivement en laissant juste assez de lumière pour faire regretter son absence. C'était ainsi qu'elle était avec eux : jamais totalement sincère, toujours à les flatter un peu, craignant de laisser voir ce qu'elle souhaitait d'eux en réalité. Elle ne voulait pas qu'ils s'éloignent d'elle, que ses efforts aillent en pure perte, que ses visites cessent, que leurs conversations se limitent à de simples banalités...

L'amertume laissait la place à l'affection. Elle les comprenait, elle sentait qu'elle devait leur demander pardon, elle avait envie de les retrouver, ils lui manquaient, elle se sentait perdue loin du village...

Elle se jeta à genoux devant le portrait de la Vierge accrochée dans sa chambre à coucher, comme elle l'avait fait bien des fois en arrivant dans ce pays. Elle lui demanda pardon de ne pouvoir avouer la vérité, sauf à reconnaître que sa mission était devenue impossible...

Ingrid est assise dans la chambre de Souad. Autour d'elle, les femmes se tiennent debout comme une rangée de broches à kebab de toutes les couleurs. Elle aussi s'est habillée. Elle a eu beau protester énergiquement pour rester comme elle était, ses paroles ont eu autant d'effet que si elle avait frappé la surface d'une rivière… Dès l'annonce du mariage, elle s'est retrouvée appuyée sur des coussins, baignée de parfums, livrée à la femme venue tracer sur ses mains et ses pieds tout un entrelacs de jolies broderies à l'aide d'un morceau d'allumette plongé dans un bol de henné. Elle a dû rester éveillée toute la nuit pour que l'œuvre d'art ait le temps de sécher et que rien ne soit perdu de la finesse du travail. Le lendemain, on lui a enfilé la robe de mariage que Souad avait gardée dans son coffre.

Les femmes ont insisté pour qu'elle dénoue sa longue chevelure qui retombe jusqu'à la taille et qui a pris des nuances différentes à force d'être restée cachée sous un foulard. La coiffeuse fait passer et repasser le peigne dans ses cheveux en s'exclamant sur leur longueur et sur leur épaisseur. C'est la première fois que les femmes les contemplent ainsi et elles les tâtent de la main en bénissant Dieu d'avoir créé une telle splendeur.

— Une lune ambulante ! s'exclame Iftikar qui raconte que son frère ayant fait serment de ne se marier qu'avec une blonde, elle avait dû faire le tour des écoles de la région et, prétendant qu'elle travaillait pour l'administration, interroger les enseignantes pour trouver une jeune fille que son frère pourrait demander en mariage.

— Sûr qu'elle se teint les cheveux, intervient Kawkab, il n'y a pas de Yéménites blondes.

Iftikar jure que non et se lève, furieuse. Elle menace de s'en aller mais finit par écouter Souad qui la supplie de ne pas troubler les préparatifs de la noce, l'occasion pour ces femmes de dire ce qu'elles pensent, d'exprimer ce qu'elles ont gardé sur leur cœur.

— Tu as attendu longtemps, remarque l'une d'entre elles, et maintenant tu épouses un de nos hommes : tu ne sais pas qu'ils sont fous ?

Elle secoue sa tête de droite à gauche et grimace en ouvrant grands les yeux et en tirant la langue.

— Ecoute Amina, ma sœur, tu lui fais quatre enfants et après tu fermes tout et tu caches bien la clé ! lui conseille une autre en montrant son bas-ventre.

— Tu la caches bien ! En voilà une bonne idée ! l'interrompt Iftikar. Tu fais comme moi, tu la jettes la clé !

Elles lui ont posé sur la tête la couronne de mariée faite de rubans entrelacés. Elles ont versé des gouttes de musc sur sa peau et l'ont enveloppé d'un nuage d'encens. Ingrid se tient sur une sorte d'estrade, au milieu des cris et des chants accompagnés au tambourin.

Ingrid est assise, certaine d'accomplir la volonté de la Vierge Marie… Comme tout s'est mis en place pour aboutir à ce résultat ! Elle vivra au milieu d'eux et la foi qu'elle porte en elle se communiquera d'elle-même à ceux qui l'entourent, sans qu'ils s'en rendent compte, à chaque instant, à chaque parole, par simple contagion. Sa foi se propagera parmi eux, qu'ils le veuillent ou non ! Ses prières, même prononcées dans son for intérieur, ne manqueront pas d'avoir un effet sur eux tous. Elles éclaireront leurs visages, leurs âmes… Surtout qu'on ne l'a pas obligée à abandonner sa religion et à se convertir.

Ils se verront chaque jour, c'est cela qui est important. Jusqu'alors, ses visites étaient un peu comme une brusque averse d'orage. Ils accouraient autour d'elle, fascinés, mais, dès que la pluie cessait, ils retournaient à leurs occupations : échanger des plaisanteries, mâcher des feuilles de qat, discuter à n'en plus finir sur la politique, sur les possibilités d'émigrer…

Ingrid ressent un calme sans pareil. Le bonheur la ferait s'envoler. Ce qu'elle a fait, sans bien s'en rendre compte, lui apparaît rétrospectivement comme un miracle. Elle est sortie du brouillard et des brumes, elle a traversé les mers pour arriver à cet humble village, guidée par cette vision qu'elle avait eue, un matin : "Lève-toi, Ingrid ! Prier ne suffit plus ! Va jusqu'aux confins de l'univers en ces lieux où l'on ne me connaît pas ! Dissipe les ténèbres qui les empêchent de voir ! Parle-leur de moi et laisse-les choisir !"

La nuit où elle avait décidé de se marier, elle s'était jetée à genoux devant le portrait de la Vierge pour lui raconter tout et implorer ses conseils, sans lui cacher l'inclination qu'elle éprouvait pour Mahyoub. La Vierge avait fermé les yeux, comme pour acquiescer.

Les chants se poursuivent, et les danses. Quelques femmes aident Souad à la cuisine. Elles allongent d'eau le Pepsi que Mahyoub a acheté pour les invitées. Souad est follement heureuse parce que la jeune femme aux yeux bleus, celle qui porte sur le monde un regard si semblable au sien, avec ses yeux bruns, va rester auprès d'elle pour toujours. Malgré tout ce qu'elle a à faire, elle est distraite un instant par le souvenir de ce pari fait comme pour rire. Est-ce qu'Ingrid s'en souvient ? C'était lors de sa seconde visite. Tout le monde au village avait compris qu'Ingrid souhaitait convertir les gens à sa religion. Les hommes avaient décidé de ne plus la recevoir parce que le seul fait de l'écouter pouvait être considéré comme un acte répréhensible. Souad avait cru devenir folle. Elle ne pouvait pas accepter qu'on la prive de ce bonheur, de cette attente des visites d'Ingrid. C'était mieux qu'une noce, ou qu'une fête de naissance, ou même que ces réunions de condoléances à l'occasion d'un enterrement. C'était comme si une bouffée de ce monde qu'elle apercevait parfois sur la télévision de son frère Mahyoub s'était matérialisée devant elle, prête à répondre à ses moindres désirs… Elle avait donc parié avec les hommes que tout se terminerait ainsi, et c'était exactement ce qui était en train de se passer. Pour finir, Ingrid devenait l'une d'entre elles, elle allait vivre avec eux. A l'époque, le seul qui avait espéré que cela se produise, le seul à se réjouir d'une telle perspective, cela avait été Mahyoub, tombé amoureux d'Ingrid à peine l'avait-il vue.

Souad en a fini avec les boissons. Elle décide qu'elle ne parlera pas de tout cela avec Ingrid, ou alors beaucoup plus tard, ou peut-être jamais. Elle ne peut chasser de son esprit cette image où elles sont toutes les deux en train de boire le café, un matin. Elle prend la tasse de son amie et elle lui prédit son avenir :

— Tu épouseras un homme de chez nous et tu oublieras toutes tes histoires, tout ce qui t'intéresse maintenant.

Ingrid avait hoché la tête et protesté en riant :

— Jamais, jamais je ne me marierai !

— Tu te marieras, avait continué Souad en lui prenant la main, tu te marieras dans ce village… Je suis prête à le parier sur ma vie…

SOLEIL, ME VOICI, LUNE !

La chèvre tousse. Sa poitrine est toute prise. Elle frappe le sol de ses sabots, secoue le sac qui emprisonne ses pis. La poussière s'envole, monte jusqu'à ses naseaux et la fait tousser davantage encore. Qamar – un des noms de la lune –, entièrement vêtue de noir, s'empresse de la rejoindre. Elle serre contre sa poitrine l'animal qui s'abandonne à cette étreinte, comme un petit chevreau qui aurait besoin de se serrer contre sa mère. Sa respiration sifflante court par saccades sur la poitrine de Qamar qui ne cesse de répéter : "Je suis désolée, Dieu aura pitié de toi !"

Elle regarde dans le vide, sans rien voir. Partout, les rayons du soleil, comme des langues de feu. Tout est immobile. Quelques arbres, morts pour certains d'entre eux. Tout est desséché sur ces collines pierreuses. Qamar pose sa tête contre le flanc de la chèvre : "Dieu t'impose cette torture, et à moi aussi. Pourquoi ? Je ne sais pas. Peut-être que je L'ai offensé l'année dernière quand j'ai cueilli cette figue violette ? Je l'ai mangée durant le jeûne en me disant que personne n'en saurait rien. Même Lui, j'ai pensé qu'Il ne pourrait pas me voir avec tous ces tourbillons de poussière en folie. J'ai été jusqu'au bout de mon jeûne mais Dieu a dû savoir…" Elle soupire, toujours collée contre l'animal à qui elle confie, comme pour la consoler : "Et toi, qu'est-ce que tu as fait au bon Dieu, malheureuse ?" La chèvre regarde Qamar avec des yeux suppliants. Elle bouge la tête, ouvre la bouche pour bâiller, regarde la mince silhouette de Qamar qui s'est levée à présent et dont on aperçoit les ongles des doigts de pied, tout menus, puis, quand elle rajuste le long voile noir autour de sa tête, la taille, à peine plus large que celle d'une enfant de dix ans. La tête et le corps sont maintenant totalement dissimulés sous le tissu. Elle se penche vers le sol, ramasse quelques feuilles desséchées qu'elle recueille dans les plis de sa robe serrés contre elle comme un sac, tire de sa manche une boîte d'allumettes et met le feu à sa récolte en encourageant la chèvre : "Allez ma belle, allez ma jolie, avale et tousse ! Prends une bonne respiration et tousse bien fort !"

L'animal reste impassible. Debout, Qamar observe la scène en essuyant de temps à autre une goutte de sueur qui roule sur son front ou le long de sa nuque. Elle lève la tête vers le ciel : "Soleil, me voici, lune ! Honte à toi ! Disparais !" Elle sourit à ces paroles et revient près de la chèvre et de la fumée : "Allez ma jolie, ça va te guérir, respire et tousse un bon coup !"

La fumée devient plus épaisse. La chèvre se met à tousser avec un drôle de bruit. Tout son corps tressaille. Qamar la serre dans ses bras, passe la main sur son échine : "Si seulement tu pouvais me passer ton mal ! Je pourrais échapper au vieux !" Elle s'allonge un instant, une main entre sa tête et la pierre qui lui sert d'oreiller, avant de sauter bien vite à nouveau sur ses pieds. Elle retient sa respiration, debout, figée sur place, sauf ses yeux qui roulent en tous sens dans leurs orbites avant de rester fixés sur un point précis : une petite vipère vient de se glisser dans une cavité entre deux pierres, sous le figuier.

Le lendemain, Qamar sort de la masure aux murs de torchis, précédée par la toux sèche de la chèvre. Une femme d'une quarantaine d'années marche derrière elle. Qamar suit un sentier étroit, laissant derrière elle quelques maisons blotties les unes contre les autres, et des enfants qui jouent, pieds nus, avec une balle de chiffons.

Qui pourrait s'attendre, en s'aventurant sur ce chemin, à se retrouver en face de collines couvertes d'arbres, au pied desquels s'étendent quelques champs ? Qamar se baisse pour ramasser les rares feuilles tombées par terre. Le vent de la nuit en aura sans doute emporté un bon nombre au loin. Elle en cueille d'autres directement à un arbre, les met dans sa robe. Puis elle tire de sa manche la boîte d'allumettes et met le feu aux feuilles qu'elle a amassées en tas. "Allez ma belle, respire et tousse !" encourage-t-elle la chèvre qu'elle a tirée près d'elle.

La femme plus âgée est enveloppée d'une sorte de drap à carreaux bleus, comme un dessus-de-lit. Elle se tient derrière Qamar et toussote légèrement. Accroupie, bien appuyée sur ses deux pieds, elle tente une nouvelle fois de briser le silence en se raclant la gorge et en crachant à côté d'elle. "Quand est-ce que tu vas te décider à retirer ces vêtements noirs ! finit-elle par dire. Réfléchis un peu, Qamar, ça porte malheur ! Ta mère n'est guère âgée, ton père non plus, et tes frères sont encore des jeunots !"

Pour toute réaction, Qamar se mord les lèvres. Elle se redresse, regarde autour d'elle, se penche pour ramasser une branche desséchée qu'elle brise de ses bras maigres pour remuer le tas de feuilles sur le point de s'éteindre. Elle souffle sur les flammes, une fois, deux fois, et le feu repart de plus belle tandis qu'elle se relève, le visage congestionné. Les fines veines bleues au milieu de son front sont très gonflées. Malgré son teint mat, on devine le duvet qui couvre sa lèvre supérieure. Immobile, elle fixe la cavité entre les deux pierres, au pied du figuier. Elle ne bouge qu'en apercevant une petite tête qui surgit un instant et bat rapidement en retraite. Elle s'approche de la femme restée accroupie qui, profitant de ce mouvement, revient sur le même sujet : "Qu'est-ce que tu en dis, Qamar ?"

La jeune femme desserre les lèvres pour lâcher un soupir : "Dieu est miséricordieux !" Cette réponse suffit à encourager l'autre qui joue machinalement avec les grains de sable au milieu desquels brille l'éclat bleu de la bague qu'elle porte à l'un de ses doigts. Elle remonte ses bracelets d'argent autour de son avant-bras et attrape par terre un morceau de bois qu'elle dépouille de son écorce pour se mettre à le mâchonner entre ses dents, tout en recrachant les débris.

Qamar se contentant de soupirer à nouveau, elle reprend aussitôt avec un regard ou brillent ses deux prunelles très noires : "Vraiment, je ne te comprends pas ! Tu es comme ma fille. Si quelqu'un t'embête, dis-le-moi, je le tuerai. Je suis au courant pour cette diablesse de Fatima, cette saleté, mais elle a peur de moi. Dis-moi si elle te fait quelque chose et je saurai bien convaincre Qahtane de demander le divorce. Je ne m'appelle pas Zemzem si je ne le fais pas divorcer !"

Elle manque de perdre l'équilibre tandis qu'elle agite les bras pour donner plus de poids à ses menaces. Elle rajuste son voile autour de son visage aux traits émaciés, au regard ardent. Qamar, restée debout, se mord les lèvres tandis que des larmes roulent sur ses joues. Pourtant, comme si les paroles de sa compagne lui avaient insufflé quelque énergie mystérieuse, elle fixe à nouveau du regard l'anfractuosité au pied du figuier. Elle se rapproche de la chèvre qui continue à tousser, flatte son échine et finit par la prendre dans ses bras pour la serrer contre elle.

Le jour suivant, la chèvre sur les talons, Qamar dévalait le chemin, au risque de tomber. Elle ne s'arrêta pour reprendre souffle qu'une fois arrivée sous le figuier, devant le trou entre les deux pierres. La chèvre toussait sans répit mais, ce matin-là, Qamar était agacée de l'entendre et n'éprouvait pas la moindre pitié. Au contraire, cela ne faisait qu'augmenter son agitation.

Elle se tint devant l'anfractuosité, le cœur battant la chamade, et resta ainsi un bon moment devant les pierres, devant le trou, sous l'ombre. Quand la vipère se montra, elle tira énergiquement la chèvre par le cou. Elle releva son voile qu'elle laissa traîner dans la poussière sans y prêter la moindre attention. Elle haletait, de plus en plus oppressée. Elle dénoua le morceau de tissu serré autour de sa taille, sous lequel elle avait caché une petite boîte en paille tressée. Elle retira le couvercle et sortit un œuf avec un bout de papier graisseux. Elle posa le tout par terre. La chèvre s'approcha, flairant la boîte et la nourriture. Qamar la chassa d'une petite tape sur la tête avant de l'entraîner près d'une vieille souche. Elle prit une cordelette également nouée autour de sa ceinture et, trébuchant sur les pierres, attacha l'animal. Elle fit deux pas en arrière pour vérifier que la cordelette était bien passée autour du cou puis jeta un coup d'œil autour d'elle avant de sortir d'une de ses manches une petite coupelle de métal. Penchée en avant, elle défit le sac qui enveloppait les pis de la chèvre qu'elle se mit à traire énergiquement. S'apercevant que la moitié du lait s'échappait hors du récipient, elle murmura un juron avant de lacer le sac et de se lever, la coupelle de métal à la main.

Elle s'efforçait de marcher doucement mais les battements de son cœur étaient trop forts. Elle trébucha, lança un nouveau juron, les yeux rivés sur le lait, et s'avança jusqu'aux deux pierres, sous le figuier. Elle hésita un peu avant de déposer la coupelle par terre, sans quitter le trou des yeux. Elle se redressa, jeta autour d'elle un regard apeuré, se pencha à nouveau pour ramasser une brassée d'herbe jaunie. Mais celle-ci ne voulait pas se laisser arracher et, accrochée au sol, lui écorcha les mains.

Qamar ne prit même pas la peine d'essuyer les gouttes de transpiration qui ruisselaient sur son front, ses joues, le long de son nez. Avec des doigts tremblants, elle sortit quelques allumettes et s'efforça d'en gratter une malgré ses mains moites. Elle regarda autour d'elle. On n'entendait rien, sauf la chèvre et ses quintes de toux. Elle frotta une allumette là où le grattoir n'était pas trempé de sueur et, poussant un soupir de soulagement en la voyant s'enflammer, elle la jeta sur les brindilles qui prirent feu immédiatement.

Elle sortit rapidement des plis de sa robe un autre récipient métallique qu'elle mit sur la flamme avec quelques miettes de graisse qui traînaient encore sur le papier. Elle se brûla un doigt qu'elle porta à sa bouche. Elle cassa l'œuf dans le récipient qu'elle tenait à travers le tissu de sa robe. L'odeur de cuisson se répandit autour d'elle tandis que l'œuf se mettait à grésiller. Elle le retira alors du feu et alla le porter près du récipient avec le lait.

Doucement, elle s'éloigna de quelques pas. Peur, fatigue ? Elle ne savait plus si ses jambes flageolaient d'épuisement ou si c'était l'angoisse qui lui serrait le bas-ventre. Respirer lui faisait mal à la poitrine tandis que le soleil dardait ses rayons sur sa tête. Elle resta ainsi longtemps, les yeux rivés sur le carré de terre devant les deux pierres. Tandis que le métal des récipients luisait sous le soleil, dans la solitude immobile, Qamar, le souffle court, se disait en elle-même : "C'est peut-être mieux ainsi. Si quelque chose apparaissait devant moi, si la vipère venait en rampant, qu'est-ce que je ferais ? Je m'enfuirais ? Je ne pourrai jamais prendre dans ma main cette chose jaune. On dirait que ses écailles sont recouvertes d'un liquide visqueux. Jamais je ne pourrai la toucher. Et puis elle est maligne. Elle se tient dans son trou, indifférente à l'odeur. Si elle voit les plats, devinera-t-elle qu'il s'agit d'un piège ou se laissera-t-elle tromper comme cela arrive si souvent aux humains ?"

Les yeux lui sortirent de la tête quand elle vit, incrédule, la vipère passer la tête hors du trou. Plus l'animal s'approchait en rampant et plus Qamar se mettait à trembler en observant les traces qu'elle laissait sur la terre poussiéreuse. "Il faut que je l'attrape maintenant", se dit-elle, les mains sur le cœur comme pour en contenir les battements. Une sueur glacée couvrait son corps. La vipère s'approcha des deux récipients, goûta de la langue le lait puis l'œuf. "Il faut que je l'attrape maintenant." Pour se donner du courage, elle pensait à la douleur qui, cette nuit encore, allait revenir, à toutes celles qu'elle connaîtrait si elle n'agissait pas tout de suite.

Qamar s'avança par-derrière, comme elle avait vu faire Hilal, son frère, bien souvent. Maintenant ! Elle transpirait encore plus et tremblait de tous ses membres. Dans une sorte de brouillard, elle lança sa main en avant pour saisir l'extrémité de la queue. "Bien l'attraper du premier coup, répétait toujours son frère, c'est tout, parce que la vipère est comme tétanisée. On peut la prendre par la tête facilement, après."

Médusée, Qamar observait la vipère qu'elle serrait dans sa main. Malgré les fouettements de la queue contre elle, elle la fourra dans la boîte de paille tressée qu'elle referma aussitôt. Sans perdre de temps, une main posée sur le couvercle, elle défit la cordelette passée autour du cou de la chèvre pour la nouer sur la boîte qu'elle reposa doucement par terre. Elle s'écroula sur le sol et, la tête entre les mains, éclata en sanglots. Comment avait-elle pu le faire ? Les plus courageux avaient peur rien qu'à voir une vipère, alors, l'attraper à la main ! Est-ce qu'elle n'avait pas vu de ses propres yeux le corps de Hamad étendu, sans vie, sur le sol, malgré son frère qui lui avait crié, tandis qu'il était grimpé sur la plus haute branche du figuier : "Une vipère, une vipère !"

Brusquement, bien qu'à peine sortie de sa torpeur, Qamar leva le visage vers le ciel. Elle ne vit rien d'autre que le soleil. "C'est Lui qui l'a attrapée, Dieu m'est venu en aide." Elle n'arrivait pas à se relever, paralysée par ses larmes. La peur l'empêchait de respirer, broyait son cœur dans sa poitrine. Comme si la vipère n'était pas bel et bien dans la boîte en train de s'agiter ! Elle fit un effort pour se redresser mais la terreur qui la glaçait la laissait sans forces. En tremblant, elle attrapa son voile noir qu'elle enroula autour d'elle, par-dessus la boîte de paille serrée contre son corps. En chancelant, elle prit le chemin du retour suivie par la chèvre qui ne cessait de tousser.

Comme chaque soir, Qamar s'est assise entre Zemzem et Fatima, les deux épouses de Qahtane. Parmi les effluves d'encens qui baignent la pièce, la joue dans le creux de sa main, elle entend, tristement, les enfants de Fatima jouer dans la pièce d'à côté en se disant qu'elle voudrait bien être avec eux. Avec un sourire forcé qui déforme sa tête ronde en lui donnant l'air d'un tournesol desséché, Fatima lui demande :

— C'est vrai que tu n'as que seize ans, Qamar ? Vraiment, tu fais plus !

Pour toute réponse, Qamar se contente d'enlever sa main de dessous sa joue pour jouer machinalement avec les nœuds de la natte, sous ses pieds.

— Seize ans, reprend Fatima, et il ne veut personne d'autre que toi la nuit, petite diablesse. Peut-être que tu as quelque chose de spécial ? Ou alors ta mère t'a appris comment garder un homme rien que pour toi !

Le rire secoue son corps tandis qu'elle chasse les volutes d'encens d'une main en se grattant les orteils de l'autre. Zemzem intervient alors d'une voix forte :

— Tu devrais avoir honte, Fatima, pourquoi t'en prendre ainsi à Qamar ? Je lui ai promis que tu verrais ce que tu allais voir si tu ouvrais la bouche.

Qamar reste prostrée, comme si elle attendait que les tourments de la nuit viennent emporter la fatigue et la peur de la journée.

— La chèvre continue à tousser, poursuit Fatima.

Zemzem se tourne vers elle en criant :

— Tu cherches quoi ?

— Rien, mais rien du tout, répond Fatima faussement innocente en levant au ciel ses sourcils qu'elle a soulignés d'un trait de khôl. Seulement, les fumigations n'ont pas eu beaucoup d'effet, visiblement.

En tremblant, Qamar se demande si Fatima a pu découvrir la boîte de paille. Elle rentre à tout moment dans sa chambre et fouille dans ses affaires. Non, si elle l'avait vue, elle se serait mise à hurler. Elle reprend sa respiration et s'apprête à affronter de nouvelles vagues de terreur. Mais Zemzem n'est pas disposée à se taire :

— Que Dieu te maudisse ! Fatima, la fille du Prophète, se retourne dans sa tombe et voudrait changer de nom en te voyant ! Tu n'as pas de cœur ! Un fléau ! Moi je suis allée avec la pauvre Qamar et j'ai tout vu. En fait tu as peur, mais je te l'ai dit cent fois : Qahtane ne répudiera jamais une de ses épouses, il ne te mettra pas à la porte comme ça, bonjour et merci ! Il se mariera peut-être dix fois mais pas une épouse ne sera répudiée, parce que c'est un bon musulman. Laisse donc Qamar tranquille !

Qamar, accablée, est submergée par le flot de la terreur qui monte en elle. Elle a couvert son visage de ses mains. Zemzem se tourne vers elle :

— Qu'est-ce que tu as, ma pauvre Qamar ? Tu as l'air épuisée. Allez, va dormir un peu.

Fatima éclate d'un rire sarcastique et lâche, en frappant ses mains l'une contre l'autre :

— Dormir ? Et l'homme, qu'est-ce qu'il va faire ? Tu ne l'entends pas crier celle-là, toutes les nuits, appeler sa mère ? Cent fois, mille fois ! "Je n'en peux plus, maman, viens !" Et c'est Qahtane qui vient, oui, avec son bâton, pas sa mère !

Qamar a toujours le visage enfoui dans ses mains. Elle ne veut pas entendre les paroles de Fatima, elle ne veut pas imaginer ce qui va bientôt arriver, comme chaque nuit depuis son mariage. Elle tient son visage entre ses mains, tire avec angoisse sur la peau de ses joues. Elle entend Qahtane qui s'approche à pas lents, depuis la pièce où se tiennent les hommes, sa voix éraillée qui l'appelle : "Allez, ma petite Qamar, au lit maintenant !"

Au lieu de se lever, elle reste à gratter nerveusement la natte sur laquelle elle est assise. Elle voudrait faire un trou avec ses doigts et y disparaître. Elle sursaute violemment en entendant à nouveau la voix : "Allez ma petite, au lit !"

Elle ne se lève pas, jette à Zemzem un coup d'œil implorant, tourne son visage vers Fatima également... Zemzem se redresse et disparaît, malgré les yeux désespérés, noyés de larmes, de Qamar. Fatima la suit en lançant à la plus jeune femme un regard jaloux. Son gros corps se dirige à pas lourds vers la pièce où dorment ses enfants. Qamar reste clouée au sol, le cœur battant, la gorge nouée, les yeux obstinément rivés sur les motifs colorés de la natte.

Elle détourne la tête quand elle voit surgir dans son champ de vision les deux gros pieds, sans chaussures, couverts de poils blancs sur les orteils, avec d'innombrables rides sillonnant la chair épaisse. On dirait les pattes d'une bête de somme. Elle sent le bout du bâton qui caresse son crâne. Elle se lève et s'enfuit en criant, en pleurant. Il la poursuit en hurlant à son tour : "Ne crie pas, tu vas réveiller les gosses !"

Comme chaque nuit, elle se précipite vers la chambre où il n'y a rien d'autre qu'une armoire et le lit sous lequel elle se cache pour attendre, nouée par la douleur, pour attendre... Depuis des nuits, elle cherche une solution tandis que le bâton court en tous sens pour essayer de l'attraper. Elle recommence à pleurer, à crier, à se mordre les lèvres, à se déchirer la poitrine. Cette nuit-là, la douleur s'accompagne d'une immense peur.

Le bâton s'acharne sur elle. Dessous le lit, Qamar s'efforce d'échapper à cette chose qui rampe et la frappe cruellement. Elle essaie de l'attraper mais l'autre tire de son côté avec une vigueur inattendue pour un homme de soixante ans. Il la frappe à nouveau tandis qu'elle s'efforce d'échapper aux coups.

Puis sa tête surgit. Il ne le fait qu'une seule fois, parce qu'il ne peut pas rester courbé en deux, répète-t-il toujours. En voyant ses yeux chassieux, sa barbe filasse, sa peau jaune et sa bouche édentée, Qamar supplie Dieu de la délivrer de celui qu'elle prendrait volontiers pour le diable en personne. Il ne reste, tête en bas, qu'une seule fois, invariablement. Il lui a répété à satiété qu'il ne peut pas se pencher dessous le lit à cause de son mal de dos. D'ailleurs, quand elle l'oblige à se baisser ainsi, il la couvre d'injures et la douleur le rend fou furieux. Il la bat comme plâtre et les coups de bâton deviennent alors insupportables.

Il la menace, les coups pleuvent encore plus. Qamar se réfugie dans le coin le plus éloigné.

Elle veut attraper la boîte de paille mais sa main est comme paralysée. Son cœur bat à se rompre. Il faut que la boîte soit près du bâton, tout près… Elle va crier, pousser la boîte, la renverser. La vipère va s'enfuir, s'enrouler autour du bâton. Qamar va pouvoir hurler : "C'est fini, Qahtane, j'ai perdu !" Le vieil homme va enfin pouvoir se reposer, reprendre souffle. Il retirera son bâton, poussera un hurlement de terreur et de douleur…

La peur fait trembler Qamar, les battements de son cœur s'affolent. Sa main se décide enfin à bouger, mais c'est pour cacher la boîte dans un recoin.

Il ne reste rien de ses plans, de ses rêves de dormir seule, cette nuit et toutes les autres. Elle sort en rampant de dessous le lit en suffoquant :

"C'est fini, Qahtane, j'ai perdu !"

UNE FILLE APPELÉE REINETTE

Reinette ne s'était pas mariée. Elle allait sur ses quarante ans et toujours rien. Ce n'était pas à cause de sa peau trop foncée. Bien d'autres, aussi brunes qu'elles, avaient trouvé un mari. Pas davantage à cause de son prénom, car c'était la dernière chose qui aurait pu arrêter un homme. D'ailleurs, dans cette région, il y avait plus d'une fille à porter ainsi un nom de fruit.

La malchance ? Le hasard ? Ou bien Reinette elle-même qui avait refusé autrefois, et aujourd'hui encore, qu'on plante le drapeau du mariage sur la terrasse de la maison. Pourtant, c'était une chose ordinaire dans les oasis dès qu'une petite fille devenait nubile. Mais Reinette avait refusé, supplié son père en pleurant, le visage entre ses mains : "Papa, je ne veux pas, je ne veux pas !" La mère avait pensé que la petite avait honte que jeunes et moins jeunes apprennent qu'elle était devenue femme. Elle avait fait un signe de tête à son mari qui, comprenant le message, n'avait pas insisté.

Un mois plus tard, comme l'affaire paraissait oubliée, le père voulut installer l'oriflamme sur la terrasse de la maison, en fichant la hampe dans une vieille boîte de conserve remplie de terre. Reinette accourut en larmes :

— Papa, je ne veux pas !

Interloqué, il lui demanda d'une voix qui trahissait sa perplexité :

— Tu ne veux pas quoi ? Te marier ?

Il ne comprit rien à sa réponse, même s'il l'entendit expliquer que ce n'était pas cela qu'elle refusait, mais seulement le drapeau. Reinette pleura de plus belle quand le père, frappant un poing contre l'autre, se mit à invoquer Dieu tout-puissant. Que faire ? Sa grand-mère, sa mère, ses tantes, toutes celles qui avaient vu le jour dans l'oasis s'étaient mariées ainsi. Il n'avait pas besoin de lui expliquer l'importance de cette coutume. Elle savait parfaitement que c'était de fait le seul moyen pour une fille de trouver un mari. Dans cette oasis isolée, cela faisait des lustres qu'on ne faisait plus appel aux marieuses. Hinda avait été la dernière, et elle avait fait plus de mal que de bien. A l'en croire, la fiancée était toujours une reine de beauté, et le fiancé un chevalier beau comme un prince. Elle était toujours brune comme la nuit ou blanche comme le lait, tandis que lui possédait invariablement un troupeau de chameaux. Sur la foi de tels discours, les parents n'hésitaient guère, d'autant plus que Hinda jurait ses grands dieux qu'elle ne disait que la vérité vraie. Le lendemain de la nuit de noces, ce n'était que cris.

Et pourtant, dans l'oasis, on attendait beaucoup des étrangers. Leurs caravanes y faisaient halte et les montures pâturaient à leur guise quelques heures. Bien sûr, personne ne venait là pour se marier mais les drapeaux rouges qui claquaient au vent sur les terrasses allaient droit au cœur des hommes et ils se mettaient à rêver d'une épouse.

Reinette ne démordait pas de son refus, même quand son père avait essayé de planter l'étendard dans une vieille boîte de conserve qui s'était à moitié vidée avec le temps et qui avait perdu tout éclat à cause de la rouille. Le père avait bien essayé d'agir à l'insu de sa fille mais elle ne laissa même pas le drapeau une seule nuit sous la garde des étoiles. Elle le retira et embrassa les pieds de son père en pleurant : "Je ne veux pas !" Il ne comprenait pas ses raisons et se disait qu'un mauvais génie avait décidé que Reinette resterait vieille fille, la seule dans l'oasis parmi toutes les jeunes femmes de sa génération.

La mère se posa bien quelques questions mais comment croire à de tels soupçons ? Reinette, comme toutes ses pareilles, ne restait-elle pas cloîtrée chez elle, nuit et jour ? Et quand il lui arrivait de sortir, c'était toujours enveloppée de la longue *abaya*, la tête recouverte d'un voile, et en bonne compagnie !

Les jours passaient. Reinette aidait son père à teindre les peaux de moutons, tout en allant chercher l'eau au puits, en nettoyant la maison et en aidant à la cuisine, avant de s'asseoir derrière son métier pour tisser un tapis de grosse laine de chameau. Elle pensait à elle, à ce qu'elle refusait si énergiquement alors qu'elle aurait bien aimé se marier, avoir une maison. Elle voulait des enfants. Beaucoup. En y réfléchissant bien, elle comprenait que la raison de son attitude était toute simple. Elle avait honte de ce drapeau claquant au vent sur la terrasse. Elle s'en ouvrit à son père dont le visage s'éclaira tout de suite. Il lui expliqua la solution qu'il avait trouvée sur-le-champ, prêt à se lever pour planter, sans plus attendre, un drapeau rouge chez un de ses oncles, resté célibataire. "Tu vas voir qu'on viendra frapper chez ton oncle, et qu'il indiquera notre maison", lui expliqua-t-il pour la rassurer.

A sa propre surprise, elle refusa avec la dernière énergie. Elle s'étonnait elle-même de sa réaction puisqu'elle n'avait pratiquement plus rien à voir avec pareil drapeau. On le choisissait de couleur rouge quand la promise avait moins de vingt ans, bleu jusqu'à trente, et jaune ensuite. En son for intérieur, Reinette espérait bien trouver un mari au temps du drapeau bleu.

Mais il n'en fut rien. Les jours passaient, sans répit, l'époque du drapeau bleu allait bientôt arriver à son terme, et Reinette persistait dans son refus. Au contraire, chaque fois qu'elle passait devant une de ces maisons de torchis surmontée d'un oriflamme tournoyant dans le vent, elle se disait, avec un sourire : "Idiotes ! Bécasses !" Cependant, quand elle s'enduisait les mains de henné pour assister à une noce, elle ne pouvait s'empêcher d'envier la mariée qu'elle contemplait, bouche bée d'admiration, assise comme une princesse tandis qu'on chantait et dansait en son honneur. Au cri de la sage-femme, elle était la première à se précipiter chez l'accouchée pour prendre le nouveau-né dans ses bras, lui passer du khôl autour des yeux et l'enduire d'huile en rêvant au fruit de sa propre chair, de son propre sang.

Après le rouge, ce fut au tour du drapeau bleu de s'envoler : elle avait dépassé la trentaine. Reinette pouvait hausser les épaules, elle souffrait, elle n'en pouvait plus d'attendre. Jamais auparavant elle ne s'était plainte des tâches domestiques, du travail auprès de son père, jamais il ne lui était encore arrivé de s'asseoir derrière son métier et de tirer nerveusement sur les fils. Elle continuait à se demander, comme elle n'avait cessé de le faire : "Pourquoi ce refus ? Alors que je voudrais être fière d'avoir un homme à mes côtés et des enfants courant partout ? J'abandonne tout ce qui me fait envie, les tissus, la bague de turquoise, les beaux tapis de noces..."

Tournant le visage, elle put apercevoir l'ombre du palmier sur un des murs de la grande pièce. La robe de sa mère était accrochée à côté d'un habit de prière. Elle sentit combien elle aimait ce qu'elle avait sous les yeux. Pour la première fois, elle avait la réponse à sa question. Elle s'entendit dire : "Je ne veux pas quitter l'oasis..." Elle se précipita vers son père pour lui expliquer :

— Je ne veux pas vous quitter, je ne veux pas quitter l'oasis !

La figure du père s'éclaira. Il se sentait mieux tout à coup :

— Mais il n'y a rien qui l'empêche, ma jolie Reinette. Si celui qui t'épouse n'est pas de l'oasis, je lui offrirai trois chameaux et je ferai construire une maison pour que vous vous installiez à côté de nous.

Il se pencha par-dessus le lit pour attraper un panier en branches de palmes que sa fille avait tressé, jadis. Quand le drapeau jaune fut hissé, Reinette se précipita vers son père, lui embrassant la main, pleurant, criant. Sa tête roulait en tous sens et menaçait de se fracasser contre les murs. Elle sanglota, elle pleura sur elle-même et à cause d'elle, parce qu'elle n'avait pas voulu, parce qu'elle ne pouvait surmonter son obstination.

A l'aube du jour suivant, après une nuit d'angoisse, elle se força à accepter. Elle se dépêcha de l'annoncer à son père qui lui faisait tant de peine en constatant la tristesse et l'accablement gravés sur les rides de son visage. Mais il n'avait pas plus tôt pris le drapeau jaune d'une main tremblante qu'elle se jetait à ses pieds, le suppliant une fois encore de ne pas l'installer.

Reinette n'était plus la même. Mélancolique, elle était de plus en plus revêche, plus maigre, plus triste. Elle ne supportait pas que sa mère lui souhaite une bonne journée, et pas davantage le bonsoir de son père. Pourtant, elle arrivait encore à contenir sa mauvaise humeur en deçà de certaines limites.

Ce soir-là, les fils du métier dans une main, elle se posait une fois de plus cette question qui n'avait cessé de la hanter tous les jours de sa vie. Elle prit une grande respiration et soupira longuement. Cette fois, elle avait la réponse, une réponse toute simple : et si le drapeau restait à flotter des mois entiers, sans que personne ne vienne faire sa demande ? Rester comme un mouton promis à la vente, comme un paquet de dattes sur l'étal du vendeur ! Pour la première fois, elle s'avouait à elle-même sa peur : "Peut-être que personne ne se présentera... Tout le monde dans l'oasis verra le drapeau et me plaindra parce que je ne serai plus bonne pour rien..." Brisée, elle continuait à s'adresser des reproches : "Mais si c'est bien la raison, si l'énigme n'était pas plus difficile à résoudre, pourquoi aura-t-il fallu que j'approche de la quarantaine pour comprendre ?"

D'un bond, Reinette se leva et se pencha au-dessus du lit. Elle tira le panier tout doucement, pour ne pas réveiller sa mère et sortit le drapeau jaune dont on n'avait jamais eu besoin dans l'oasis. Elle gravit l'échelle qui menait jusqu'à la terrasse. Sa mère, son père, tous les habitants dormaient profondément.

Tout le monde était persuadé que le destin de Reinette était de ne jamais se marier. Encore quelque temps, et même le drapeau jaune ne serait plus pour elle. Dès lors, personne n'osait plus aborder avec elle une question qui paraissait réglée.

Sous l'éclat des étoiles, Reinette tourna son visage vers le ciel et murmura une prière. Elle s'accroupit et planta le drapeau dans la vieille boîte de conserve en se disant que l'oasis était bien petite, et ses habitants peu nombreux. En plus, la marieuse n'était plus là…

En soupirant, elle s'assit dans la maison en attendant qu'on vienne frapper à la porte.

LE JOUR OÙ SA VIE S'EST ARRÊTÉE

A peine avaient-ils quitté leur hôtel pour pénétrer dans cette ruche bourdonnante qu'elle aurait voulu marcher seule. Pour être franche avec elle-même, Samr aurait dû admettre qu'elle avait éprouvé cette envie dès que l'avion s'était posé. Dès le départ, leur promenade s'était transformée en exercice d'autodéfense : plus les rues se faisaient étroites et plus la foule était dense, tandis que les ânes s'opposaient, sans appel possible, à la moindre velléité d'aller de l'avant. Au début, ils avaient cru qu'il leur suffirait d'imiter les autres passants qui se frayaient un chemin à travers les obstacles, ou les contournaient, aussi légers que plumes au vent. Ils avaient rapidement découvert que la seule solution consistait à dégager le passage en catastrophe pour s'abriter dans l'entrée d'une de ces échoppes alignées de part et d'autre de la voie, et même, dans certains cas, à carrément y entrer pour y trouver refuge. Chaque bête était chargée d'une montagne d'objets hétéroclites, de poubelles, de paquets, de légumes et même de matériaux de construction. Un guide touristique glissé dans la poche, le mari de Samr expliquait que les ânes, dans cette ville médiévale, remplissaient un rôle dévolu ailleurs aux voitures. Comme tous ceux qui travaillaient pour la municipalité, ils avaient un nom, un numéro et percevaient une rémunération mensuelle en échange des services qu'ils rendaient en transportant l'eau et en évacuant les ordures.

Dans un premier temps, Samr avait surtout fait attention à ne pas montrer combien ce commentaire l'avait horripilée mais, un peu plus tard, elle n'avait pu s'empêcher de sourire en repensant à cette anecdote.

Ils s'enfonçaient dans le réseau de ruelles étroites et erraient dans des labyrinthes circulaires presque sans lumière tant les constructions étaient proches les unes des autres, au point de se rejoindre à leur sommet. Et quand ce n'était pas le cas, un lacis serré de câbles et de toiles les reliaient les unes aux autres.

Mis à part la cohue et le vacarme, il n'y avait rien de particulier dans ce souk où l'on vendait essentiellement des sandales pour femmes, très décorées, avec des couleurs dignes des *Mille et Une Nuits*. Exposées aux regards, entassées dans les paniers, débordant des boîtes, manipulées par les mains des clients et des clientes, elles donnaient l'impression de monopoliser à elles seules tous les soins portés à la toilette.

Ils avaient l'intention de visiter la célèbre mosquée mais la bousculade et les interventions de passants avaient empêché son mari de suivre leur progression sur le plan comme il l'aurait souhaité. Une idée qui n'avait guère plu à Samr de toute façon. Une fois passé l'arche qui marquait l'entrée de la vieille ville avec ses rues agitées d'un va-et-vient perpétuel, Samr avait suggéré qu'ils acceptent de se laisser guider par un des jeunes gens qui s'étaient attroupés autour d'eux pour leur proposer leurs services en italien, en français, en anglais. Mais son mari avait énergiquement refusé cette idée, comme si elle avait mis en doute son intelligence ou sa capacité à se tirer d'affaire par ses propres moyens.

Ils s'enfonçaient à nouveau vers le cœur de cette ruche bruissante, qui paraissait tirer sa substance du va-et-vient des êtres et des choses. Visiblement agacé, le mari de Samr avait perdu tout enthousiasme pour cette aventure. Son visage exprimait une sorte de frayeur, d'étouffement, tandis que sa compagne paraissait avoir trouvé un ressort caché quelque part dans son cerveau pour remonter au temps de son enfance. Elle s'amusait de ce vacarme, de cette bousculade, comme lorsqu'elle accompagnait, toute petite, sa grand-mère au marché.

Son mari la suivait comme son ombre, tout en s'efforçant de lui parler en arabe. Il aurait voulu cacher ses yeux clairs, sa peau blanche et sa chevelure lisse qui jetait une note discordante parmi tous ces cheveux frisés. Il répétait qu'il se sentait étouffer dans ces rues étroites, agressé par les jeunes gens et les enfants qui ne les lâchaient pas d'une semelle. Pour toute réponse, elle s'était retournée pour s'adresser, en arabe, au groupe de leurs poursuivants le plus proche, trois jeunes gens à qui elle avait lancé une plaisanterie quand ils avaient voulu savoir de quel pays arabe elle venait et si l'homme qui l'accompagnait était son mari. Ils étaient restés près d'eux, en dépit du flot incessant charriant hommes et bêtes, et bien que son mari lui ait demandé de ne pas se tourner vers eux. Il n'appréciait pas la manière dont ils s'étaient imposés et, de toute manière, la mosquée n'était plus qu'à quelques mètres. Il trouverait facilement leur route sur le plan. Samr s'efforçait de lui faire comprendre que leur comportement était motivé bien plus par la gentillesse et la curiosité que par la volonté de se faire de l'argent. Il avait voulu parier avec elle qu'ils demanderaient quelque chose s'ils les conduisaient à la mosquée mais elle s'était contentée de répondre : "Et alors ? De toute façon, ça nous coûtera quoi ?"

Ce qui trottait dans la tête des trois jeunes hommes, ce n'était pas ce que croyait le mari de Samr. A la sortie de la mosquée, ils avaient refusé énergiquement l'argent qu'elle avait voulu leur donner. Même quand elle avait ajouté quelques billets de peur d'avoir préparé une somme trop minime, même lorsqu'elle avait demandé à son mari de leur proposer de sa propre main quelque chose. Au lieu de s'en aller, ils les avaient invités à se joindre à eux pour boire un thé à la menthe dans un café à l'entrée de la vieille ville.

Une fois installés, les jeunes gens avaient brusquement cessé de la taquiner et leur conversation avait pris un tour plus sérieux. En arabe, ou bien dans un français très hésitant, ils évoquaient l'avenir sombre qui les attendait, le désespoir de ceux qui faisaient encore leurs études en sachant qu'il n'y aurait aucun emploi pour eux après l'université, avec ou sans diplôme, l'émigration inéluctable à la recherche d'un travail ou bien pour compléter leurs études et suivre une spécialisation. Puis la conversation avait roulé sur des questions de matériel électronique et d'ordinateurs.

Une expression plus détendue était apparue sur le visage de son mari qui accordait maintenant toute son attention à ses compagnons. Il les interrogeait, avançait quelques remarques, proposait des conseils. De son côté, Samr remarquait qu'ils avaient les dents tellement abîmées qu'ils mettaient la main devant leur bouche quand il leur arrivait de rire. Mais elle avait renoncé à cette explication en se disant que ce devait être plutôt une façon de masquer leur gêne, parce qu'ils ne se sentaient pas totalement à l'aise devant des étrangers. Elle s'étonnait de constater combien elle comprenait les intentions cachées de chacun de leurs gestes, de leurs regards, leurs calculs naïfs. Après toutes ces années passées en Europe, elle savait encore, plus ou moins consciemment, comment réagir en pareille situation.

Elle avait découvert la nostalgie qu'elle conservait pour son passé arabe, pour la langue arabe, dans l'avion, en suivant les consignes données par le steward. Le menu distribué pendant le vol, avec des mots aussi simples que sel, poivre, eau minérale, serviette fraîche, avait fait surgir en elle une sorte de mélancolie. Une sensation que n'avait pas dissipée l'interrogatoire qu'elle avait dû subir à la douane à cause de son nom et de son aisance en arabe, malgré son passeport européen. Au contraire, elle avait trouvé cela plutôt amusant compte tenu de la nature des questions et bien que son mari ait manifesté son agacement au fonctionnaire devenu tout penaud.

S'enhardissant, l'un des trois jeunes gens, Moustafa, lui avait demandé s'ils avaient des enfants. Sa réponse négative avait suscité en eux des réactions désolées, mêlées à quelque chose d'autre que Samr avait deviné aux regards qu'ils avaient échangés. Aussi, elle s'était empressée d'ajouter qu'ils réfléchissaient sérieusement à la question et qu'elle envisageait même de quitter son travail. Elle voulait leur faire comprendre qu'elle se sentait bien avec son mari et que ce n'était pas parce qu'elle plaisantait avec eux qu'elle était pour autant une épouse volage, et encore moins une femme facile.

Depuis que cet avion l'avait transportée jusqu'à cette ville où la vie n'avait pas changé depuis des centaines d'années, elle se sentait heureuse, à l'affût de tout, posant toutes sortes de questions mais sans y prêter trop d'attention, à la fois détendue et pleine d'énergie. Ce n'était pas seulement parce qu'elle était en vacances, loin des brumes et de la routine qu'elle ne connaissait que trop en Europe. Plus d'une fois, ils avaient séjourné ainsi dans un pays ensoleillé, entre montagnes et bord de mer, pour retrouver une sérénité intérieure proche de la paresse et même de l'ennui par certains côtés, pour ne rien faire d'autre que manger et dormir. Mais elle n'avait jamais ressenti cette sensation, cette impression d'être comme une mouche bourdonnante. Elle se rendait compte que les jeunes gens s'intéressaient à elle et elle trouvait un vrai réconfort à constater qu'elle n'était pas exactement une étrangère, errant d'un endroit à un autre comme n'importe quel touriste, sans rien découvrir, comme si les véritables trésors restaient enfermés dans un coffre, cachés aux regards. Grâce à ces trois jeunes, c'était le contraire qui s'était produit. La ville lui avait ouvert toutes grandes ses portes, éclairé la voie qui menait à ses secrets. Samr avait même fait la connaissance du gardien de la mosquée, qui lui avait montré où il cachait ses clés !

En plus, elle était heureuse d'être l'objet d'autant d'attention. A bientôt trente-cinq ans, elle continuait à attirer le regard des hommes... En Europe, il était bien plus difficile de flirter de la sorte, parce que cela tournait inévitablement à autre chose, dans la plupart des cas. En même temps, elle sentait confusément qu'il ne s'agissait pas uniquement d'un jeu innocent à la manière des adolescents qu'ils paraissaient être encore, même s'ils avaient tous entre vingt et vingt-cinq ans. Elle et son mari représentaient le moyen de rejoindre, d'un coup de baguette magique, ce monde extérieur dont ils avaient si souvent entendu parler. Ils arrivaient, nimbés d'une sorte d'aura mystérieuse qui illuminait ce coin perdu, cette région du monde abandonnée à elle-même et à moitié plongée dans les ténèbres, où la vie n'avait pratiquement pas évolué et où la principale occupation consistait à guetter impatiemment l'arrivée de visiteurs incapables de déceler ce que masquait cette apparente vitalité. C'était aussi à cause de cela qu'elle écoutait leurs histoires, qu'elle acceptait qu'ils lui demandent pourquoi elle avait épousé un étranger alors que bien des jeunes gens arabes avaient dû lui faire des avances.

Cette question avait fait naître en elle un véritable mouvement de sympathie à leur égard. Depuis toujours, elle avait une mauvaise opinion des hommes arabes, sans avoir eu d'ailleurs la moindre expérience susceptible de justifier cette conviction intime. Et voilà qu'ils s'adressaient à elle d'égal à égal, l'interrogeant sur tout, sans être gênés par la présence de son mari, même si la dernière question lui avait été posée en arabe.

“Pourquoi ai-je épousé un étranger ? Parce que je l'aimais”, avait-elle répondu en substance, un verre de thé à la menthe, très sucré, à la main, détournant ensuite la conversation sur un autre sujet pour que son mari puisse y participer. Cela faisait un moment déjà qu'il lui lançait des regards de reproche parce qu'elle avait en partie cessé de lui traduire ce qu'il ne comprenait pas.

Adolescente, Samr avait aimé tout ce qui venait d'Occident : la mode, la nourriture, la musique, les films, les produits de beauté, les mots, les revues, et tout le reste. Elle avait aimé les chanteurs, les acteurs, et s'était même persuadée qu'elle était tombée amoureuse de leur voisin étranger, un homme qui avait bien vingt ans de plus qu'elle, parce qu'il avait le même sourire qu'Yves Montand. Elle l'attendait dans le hall de l'immeuble pour l'entendre lui dire en français : "Bonjour ma petite fille, bonsoir ma petite fille..."

Plus tard, cette fascination n'avait pas disparu, bien au contraire. Elle cherchait à rencontrer des jeunes gens étrangers et à sortir avec eux parce qu'ils étaient différents, parce qu'ils avaient une manière de chercher à la séduire qui lui faisait penser aux acteurs de cinéma. Sauf qu'ils lui manifestaient bien plus d'attention. Pour eux, elle était une sorte de petit oiseau exotique. C'était d'ailleurs dans ces circonstances qu'elle avait connu son mari, enseignant à la faculté de langues en face de chez elle. Elle lui avait couru après, avait réussi à attirer son attention, l'avait épousé et l'avait suivi dans son pays, au comble du bonheur parce que son rêve devenait réalité.

Elle avait tout adopté du mode de vie européen, même pour l'ameublement de leur appartement, alors que son mari avait profité de son séjour à Beyrouth pour acheter différentes choses telles qu'un grand plateau de cuivre, une table avec des marqueteries de nacre ou encore un tapis ancien. Samr avait préféré laisser tout cela dans les cartons en dépit des demandes réitérées de son mari. "Cela me fait penser à la maison de ma grand-mère !" se contentait-elle d'avancer pour seule justification. Elle ne partageait pas sa passion pour la musique arabe dont il était devenu un fin connaisseur, elle n'ouvrait jamais aucun de ses livres sur la culture arabe – l'architecture en particulier – et se moquait au contraire de l'intérêt qu'il y portait : "Mais qui est arabe ici, toi ou moi ?"

Et pourtant elle était arabe, par son accent, par ses gestes, par sa façon de s'écrier *Yâ mâma* quand quelque chose l'effrayait, parce qu'elle était systématiquement en retard, parce qu'elle oubliait toujours quelque chose sur le feu, parce que, ramassant un morceau de pain tombé par terre, elle le portait à sa bouche et à son front car le pain, c'était une chose sacrée !

Elle avait été reprise par la nostalgie de ses origines après toutes ces années en Europe. Son pays natal hantait son esprit, s'infiltrait dans ses pensées, lentement mais sûrement. Cela avait commencé par une brise passant sur son visage un jour qu'elle était allongée dans un jardin public pour essayer de profiter du soleil avant qu'il ne change d'avis et ne s'en retourne vers son lieu d'origine, vers l'orient. Elle avait entrouvert les yeux sur le bleu du ciel et il lui avait paru entendre le fracas du ressac. Elle s'était levée d'un bond. Un moment, elle avait vraiment cru qu'elle était au bord de la mer, dans sa ville, en train de prendre un bain de soleil pour bronzer et plaire aux garçons.

Une autre fois, cela avait été le son d'un rebab dont jouait un musicien turc près de son bureau. Mais elle n'aurait jamais rien fait pour apaiser ce sentiment si elle n'était restée clouée dans son fauteuil, un jour qu'elle regardait à la télévision, fascinée, un reportage sur le Yémen. Le commentaire était dû à une journaliste occidentale qui avait décidé d'entreprendre ce voyage après avoir elle-même été séduite par des photos découvertes dans une revue. La beauté de ce pays, de ses montagnes escarpées, de ses coutumes, n'avait pas seulement laissé Samr stupéfaite. D'un coup, elle avait vu s'ouvrir des portes refermées depuis si longtemps que la rouille s'y était incrusté et que les araignées y avaient installé leur toile. En imagination, elle retrouvait avec émotion le souvenir de son pays qui ressemblait à la région qu'elle voyait sur l'écran.

Elle comprenait à présent le secret de son obsession, juste avant cette période, pour des pays comme le Népal, le Bhoutan, le Cachemire. Elle avait cru que c'était une sorte de réaction aux froids de l'Europe, à sa vie bien organisée, monotone. Elle n'avait pas saisi la vraie raison, son envie de s'intéresser à l'essence des choses. Elle y réfléchissait souvent et longtemps, depuis qu'elle vivait en Europe et qu'on l'interrogeait sur son pays, sur ce qui s'y passait. Elle changeait de sujet parce qu'elle n'avait rien à dire mais, dès l'instant où son intérêt avait été éveillé, elle s'était mise à se documenter sur l'histoire de la région. Des livres écrits par des Occidentaux, parce que les ouvrages dans sa langue qu'elle avait trouvés dans l'unique librairie arabe de la ville ne voulaient rien dire pour elle : on y parlait de l'interprétation des rêves, on y donnait des sermons ou des conseils pour les étudiantes dans les universités arabes… Elle avait commandé d'autres titres, directement de Beyrouth, et s'était mise à fréquenter la section orientale du musée. Elle écoutait avec passion de la musique arabe, découvrant le meilleur de cette tradition à travers les sélections des spécialistes occidentaux.

Son mari s'était félicité de ce retour à ses origines car cela s'accordait avec ce qui l'avait séduit chez elle. Il avait aimé la sonorité de son nom, sa signification : Samr, une nuit passée en conversations échangées... Il avait aimé sa façon de parler, la carnation de sa peau qui, à l'en croire, prouvait la pérennité de l'espèce humaine, née de la glaise et colorée par le soleil...

Il lui demandait maintenant de rentrer à l'hôtel. On lui avait affirmé que rien n'était aussi agréable que de boire un thé sur la terrasse, au coucher du soleil. Mais Samr virevoltait toujours de tous côtés, entièrement à ses pensées, à ce qu'elle voyait, non pas avec deux mais avec mille yeux lui semblait-il. Cela faisait des années qu'elle n'avait éprouvé pareille sensation d'énergie. Elle croyait que la lassitude qui la gagnait par moments était due à une tension trop basse mais elle comprenait à présent que la seule cause en était son manque de goût pour l'existence qu'elle menait.

Elle était revenue à l'hôtel à contrecœur, s'arrachant à leurs compagnons qui profitaient à présent du va-et-vient des femmes à l'entrée du hammam pour colporter mille histoires largement inventées. Elle se sentait au diapason avec eux, comme si elle regrettait à présent quelque chose qu'elle n'aurait pas connu. Si son mari voulait rentrer, c'était pour s'isoler un peu avec elle, pour qu'ils se retrouvent tous les deux, tels qu'ils étaient avant d'arriver à cet endroit. Il devait bien se rendre compte qu'elle s'intéressait à tout, sauf à lui. Elle avait même totalement cessé de lui traduire la conversation et les plaisanteries qu'elle échangeait avec les jeunes gens.

Cela signifiait qu'elle était en train de se détacher de son mari, même si elle lui reviendrait dès qu'elle serait rentrée là-bas. Cela voulait dire qu'il y avait une fêlure entre eux, et c'est ici qu'elle le percevait. Elle avait essayé de repousser cette idée nouvelle dans un coin de son esprit et se faisait la leçon, refusant quelque chose qui pouvait s'avérer bien compliqué. Pourtant il n'y avait rien de plus simple : elle avait envie d'être seule, loin de ce regard orientaliste qu'il adoptait lors de leurs explorations. Il pouvait comprendre cette civilisation, la connaître en profondeur, elle ne l'avait jamais atteint au cœur, un cœur momifié, à l'abri de la vie et même de la mort. Cette différence qui était le secret de leur attraction mutuelle, qui les avait liés l'un à l'autre, se muait ici en ennui, en agacement de devoir tout expliquer, dissiper chaque malentendu. Malgré ses efforts, les embûches s'accumulaient sur leur voie et il leur était de plus en plus difficile de profiter de ce moment de détente.

Leur visite à cette magnifique mosquée, par exemple. Franchissant le seuil, après avoir longé cette ruelle qui ne pouvait ouvrir que sur de sombres cavernes, elle s'attendait à tout sauf à se retrouver devant ce large espace dégagé qui semblait accueillir tout un pan de ciel, avec son bleu éclatant où traînaient quelques nuages, avec des reflets de couleurs, comme une immense mosaïque qu'auraient animée les rayons du soleil et les sautes du vent.

Ils étaient entrés dans la cour, pleine de vie et d'animation. Des hommes faisaient leurs ablutions à côté d'enfants qui jouaient avec l'eau de la fontaine sur laquelle flottaient des bateaux en papier. Assises, des femmes avaient l'air d'être en visite, profitant de cet espace dégagé loin de l'obscurité de leurs maisons, mâchant du chewing-gum, croquant des fruits secs, buvant du thé sorti de leurs thermos.

Samr s'était mise à pleurer à chaudes larmes. Comment un tel amour de la vie pouvait-il coexister avec ce rigorisme que connaissait le monde arabe à présent ? Son mari examinait les mosaïques, les arcs des portes, les calligraphies, comparait les pièces récemment restaurées à celles qui étaient plus anciennes, à ce qu'il avait vu à l'Alhambra de Grenade. Il ne percevait rien d'autre que les qualités esthétiques du lieu.

“Il n'est pas réellement touché par ce qu'il voit !” se disait Samr. Cette mosquée était un art de vivre. Non pas simplement un lieu de prière ou une œuvre d'art mais le foyer d'une vie intense pour des êtres qui continuaient à entretenir une relation personnelle avec ces murs.

Elle avait essayé de se contenir. Elle n'arrivait pas à croire qu'elle se détachait de son mari parce qu'ils réagissaient différemment à ce qu'ils découvraient. Si elle avait été vraiment sincère avec elle-même, il lui aurait bien fallu reconnaître que cette présence à ses côtés l'empêchait de s'immerger dans la ville. Elle aurait voulu être seule, elle aurait voulu que les jeunes gens l'emmènent vers d'autres mondes pour se perdre dans un dédale de rues et d'impressions.

Il valait mieux qu'elle trouve un prétexte quelconque et qu'elle ne manifeste rien de son impatience et de son irritation.

Le lendemain, elle l'avait convaincu de la laisser partir seule avec un des jeunes gens, sous prétexte que sa présence aurait suffi à faire monter les prix comme le mercure dans un thermomètre. Moustafa l'accompagnait ; c'était lui le meneur de la petite bande.

Samr en aurait presque sauté de joie : libre, seule, pour regarder, discuter, marchander à loisir. Elle avait acheté des articles en peau à des prix imbattables après avoir découvert combien Moustafa était capable d'amadouer les marchands. Il ne lui restait plus qu'à se procurer du henné quand ils arrivèrent, enchaînant une allée couverte après l'autre, à une petite place ombragée par deux énormes sycomores sous lesquels était rangée une cohorte de petites charrettes à bras. Elle était ravie de découvrir cet espace dégagé qui, pour une fois, donnait sur un lieu de passage et ne se dissimulait pas derrière une porte. Elle tenait dans sa main le henné qu'elle avait acheté, sans arriver à croire que ces feuilles vert pâle, une fois broyées, pouvaient donner à une chevelure pareils reflets rouge sombre. Moustafa saluait un jeune homme tenant à la main un jus de fruits. Samr se rendit compte qu'ils l'observaient tous les deux en train de respirer le parfum des feuilles. Elle leur sourit et se dirigea vers eux, avec ses paquets de henné et d'argile pour fortifier le cuir chevelu. Moustafa insista pour les porter, tout en lui présentant son ami Jalal. Sans lui demander son avis, ils se dirigèrent ensemble vers un angle de la placette où, d'après Moustafa, se trouvait un bâtiment ancien que Jalal était justement chargé de restaurer.

Elle se prit à espérer que c'était bien le cas parce qu'il leur était arrivé plus d'une fois, avec son mari, d'être guidés vers des endroits prétendument interdits aux touristes et en cours de restauration, et qui n'étaient en fait que des ateliers sinistres, dénués du moindre intérêt. Lorsqu'elle entra dans la cour, elle découvrit une bande de chats s'étirant paresseusement sous le soleil au milieu des orangers dont les fruits faisaient autant de taches de lumière. Elle aurait voulu pouvoir s'arrêter là au lieu d'entrer dans ce bâtiment tellement dégradé, encombré de pierres éboulées et de saletés, qu'il paraissait impossible de lui faire recouvrer sa gloire passée. L'abandon, la négligence qui étaient le lot de ces trésors suscitaient chez elle plus de tristesse que d'indignation, au contraire de son mari.

Elle était surprise par la froideur de leur compagnon. A la différence de Moustafa et de ses amis, il ne se montrait absolument pas jovial ni même détendu, ne passait pas son temps à lui répéter qu'elle était la bienvenue. Indifférent, plongé dans ses propres pensées, il ne lui demanda même pas de quel pays elle venait et ne fit pas la moindre remarque sur le fait qu'elle parlait l'arabe. Il jouait avec son trousseau de clés tout en discutant avec Moustafa de tout et de rien, si bien que Samr finit par lui demander si elle les dérangeait. Il se contenta de faire signe que non, d'un petit mouvement de tête, sans autre commentaire. Moustafa éclata de rire en disant que son ami devait être devenu muet.

Il se dirigea vers les escaliers que Samr devina être plongés dans l'obscurité la plus complète. Elle eut du mal à s'y habituer. Au contraire des autres fois, elle refusa le bras de Moustafa qui, gentiment, se proposait de l'aider en la guidant par la main ou par le coude. Jalal poursuivait son ascension imperturbablement alors que Samr se serait volontiers arrêtée en chemin pour visiter quelques-unes des pièces de ce palais. Il voulait les faire monter tout de suite jusqu'à la terrasse et ils visiteraient l'intérieur après. Ce ne devait pas être la première fois qu'il se trouvait dans cette situation parce qu'il se contentait de grommeler à intervalles réguliers que rien de tout cela ne disparaîtrait et qu'il serait toujours possible de compléter la visite ensuite.

Arrivée à la terrasse, Samr fut immédiatement captivée par le spectacle qui s'étalait sous ses yeux. Son cœur se mit à battre. Elle se croyait comme dans un rêve, en train de voler au-dessus des toits colorés : les modestes maisons de terre, les toits couverts de tuiles vertes et bleues, aux reflets d'émeraudes et de lapis-lazulis, les hautes coupoles blanches couronnées de cuivre, les énormes demeures aux allures de forteresse, les bassins turquoise, moutarde, lie de vin, indigo, d'où les ouvriers retiraient les tissus laissés à tremper, la placette en dessous d'elle où se tenaient les grappes d'hommes en djellaba, accroupis, pareils à de grandes sauterelles. D'en haut, les étroites venelles se tortillaient comme des serpents. On perçait alors le secret de la construction de cette ville qui ne s'offrait pas comme un spectacle pour les yeux mais préférait se dissimuler derrière le labyrinthe de ses rues. Des rues qui avaient été créées pour les femmes de jadis, cachées sous les replis de leurs voiles, passant d'un seuil à un autre, franchissant une porte anonyme pour disparaître dans les profondeurs d'une demeure, sous les regards furtifs des hommes postés dans les boutiques.

A nouveau, Samr éclata en sanglots. Elle ne se reprit qu'en se souvenant qu'il lui faudrait bien repartir dans deux jours. Elle retrouverait bien vite sa vie ordinaire et ce voyage ne serait plus qu'un souvenir. Mais comment laisser tout cela pour revenir en Europe ? A l'évidence, elle était encore sous le choc de cette découverte. Sinon, comment imaginer un seul instant vivre ici ? Elle n'arrivait pas à se détacher de ce lieu. Elle embrassait l'horizon du regard sans prêter attention aux marques d'impatience de ses deux compagnons qui, après s'être tenus à distance pour respecter sa méditation, s'étaient remis à parler. Pourtant, elle ne pouvait se résoudre à dire adieu à cette ville qui semblait la retenir par la main, lui jeter sous les yeux un nouvel aspect de ses charmes, chaque fois qu'elle faisait mine de s'écarter. Elle n'esquissa un mouvement que lorsque Moustafa éleva la voix pour lui rappeler leur présence. Mais elle n'avait aucune envie de se sentir coupable, de redescendre les escaliers rien que pour se plier à leur désir. Elle savait trop bien qu'elle se le reprocherait ensuite, comme cela lui était déjà arrivé quand elle avait laissé s'enfuir des sensations qu'elle n'avait jamais retrouvées. Au lieu de se préparer à s'en aller, Samr proposa à Moustafa de la laisser s'il avait à faire, et de venir la rechercher plus tard, tout en demandant à son ami si cela ne l'ennuyait pas de rester encore un peu. Ce dernier ne put faire autrement que d'acquiescer d'un signe de tête en disant à Moustafa, avec un regard vers les paquets de Samr, qu'il reconduirait la visiteuse à son hôtel. A sa grande surprise, Samr constata que Moustafa ne se faisait pas prier. Elle devait déjà avoir perdu de son intérêt à ses yeux, et puis il avait aussi le droit d'avoir sa propre existence !

Une fois Moustafa parti, elle s'arracha à l'étreinte de la ville, comme un enfant qui se glisse, rassuré, entre ses draps pour s'endormir.

Accompagnée par Jalal, elle descendit les escaliers jusqu'à une petite pièce au sol entièrement blanc et aux murs décorés de mosaïques assez ordinaires, avant de se pencher, à la suite de son guide, pour entrer dans une sorte de réduit s'ouvrant au milieu d'une paroi. Un instant, elle se dit qu'elle devait peut-être se tenir sur ses gardes. Elle connaissait à peine cet homme et elle se sentait mal à l'aise de se courber ainsi pour le suivre. Arrivée de l'autre côté du passage, elle resta bouche bée d'admiration.

Comme si sa vie s'était arrêtée. Un halo rosé baignait les hauts piliers dressés au milieu de la pièce et entourés de mosaïques qui étiraient leurs lignes géométriques sur les murs, au-dessus des lustres et des vitrines ornées de moucharabiehs où l'on avait rangé des objets en verre. Samr s'installa sur l'unique siège pour reprendre ses esprits, gagnée par le silence qui régnait dans cette pièce pareille à un livre sacré resté éternellement refermé sur son secret. Par les minces ouvertures, aux encadrements travaillés, filtrait une lumière qui était encore celle des jours passés. Elle ferma les yeux : pourquoi cette sensation à la fois de bonheur et de tristesse ? Rien ne venait troubler le silence, pas même l'écho des pas de Jalal bien vite étouffés en ce lieu que baignaient cette sorte de poussière lumineuse et les restes d'un soleil révolu qui s'était faufilé dans la pièce et avait choisi d'élire domicile dans ce havre de douceur.

Elle se sentait faire corps avec cet endroit. Elle en devenait comme le prolongement et ne voulait plus rien d'autre qu'y vivre pour toujours, s'imaginant en femme du temps jadis, à peine sortie de son bain et se préparant pour l'après-midi, pour le coucher du soleil, pour la soirée, avec les rites propres à chaque moment de la journée. Elle avait résolu de ne plus bouger, de rester telle qu'elle était en cet instant. Le temps s'était figé et ne se mettrait plus en mouvement tant qu'elle resterait à contempler ces mosaïques, rêvant qu'elle tenait un verre de thé à la menthe ou qu'elle portait à son nez un morceau d'ambre.

Seule la froideur que lui témoignait Jalal troublait la pureté de ces minutes chargées d'émotions et de sentiments complexes. Il avait gagné une table dans un coin, sur laquelle il avait étalé des plans, et une desserte qui portait un thermos et un bouquet de feuilles de menthe. Elle se concentra pour ignorer ses mouvements, pour rester hors du temps et du lieu. Sa présence s'imposait à elle maintenant, elle aurait voulu qu'il partage son émotion pour que l'harmonie soit totale. Avant d'avoir eu le temps de réfléchir à ce qu'elle disait, elle lui demanda s'il était possible de louer un endroit comme celui-ci.

— Pourquoi ?

— Pour venir y passer quelques mois dans l'année.

— Pourquoi ?

Elle n'aurait su l'expliquer. Elle se voyait seulement étendue dans cet endroit de rêve et lui répondit à voix basse, comme s'il n'avait pas dû l'entendre :

— Pour vivre au milieu d'une telle beauté !

— Ton homme viendrait aussi ?

Je n'en sais rien, pensa-t-elle, avant de répondre :

— Mon mari ? Je ne le pense pas.

— Ce n'est pas forcément un problème. Quelque chose de cher ou de bon marché ? Une maison avec une *gharsa* ?

— *Gharsa ?*

— Un jardin, expliqua-t-il en utilisant le mot français.

— Oui, avec un jardin.

— On peut aller voir, pour se faire une idée.

Samr se sentait hésitante, comme si elle regrettait déjà de s'être engagée aussi rapidement, mais elle ne tarda pas à s'abandonner à nouveau à ce sentiment de confiance qui l'habitait. Pour la première fois, il lui témoignait un peu d'intérêt, lui demandant si elle avait aimé la ville, ce qu'elle faisait en Europe, de quel pays elle était originaire. Il voulut savoir si Moustafa lui avait montré tel et tel endroit, lui promit de lui donner du henné préparé artisanalement, le vrai henné, que sa mère séchait elle-même. Puis il se roula une cigarette, en précisant qu'il s'agissait seulement de tabac mais que si elle voulait du haschisch… Samr rit et fit non d'un signe de tête. Il tira quelques bouffées de la cigarette qu'il conserva entre ses lèvres tandis qu'il se frappait la poitrine à deux mains, comme sur un tambour, variant le rythme et les sonorités en frappant du plat de la main ou du bout des doigts, s'accompagnant lui-même en sifflant ou en chantonnant bouche fermée. Voyant qu'elle appréciait ces sonorités étranges qui lui paraissaient comme un prolongement de tout ce qu'elle avait découvert, il se leva pour mettre en marche une cassette qu'elle resta à écouter, yeux fermés. Elle n'était plus à elle-même, il n'y avait plus de lendemain, elle était prisonnière de cette atmosphère magique. Elle ouvrit les yeux, effrayée de ses propres pensées, de se découvrir pareille à une jeune pousse, fléchissant à la recherche d'eau et de soleil. Elle s'obligea à se mettre debout.

Jetant un coup d'œil à sa montre, il lui demanda si elle voulait s'en aller avant de lui proposer, d'une voix hésitante :

— On pourrait rester à parler encore un moment, avant.

Mais elle s'avança, comme si chaque pas lui coûtait, et il se pencha pour attraper les sacs. Sa main avait-elle frôlé sa jupe ? Une autre fois ? Il se releva, face à elle, et se pencha pour l'embrasser. Elle ne s'éloigna pas, elle ne se refusa pas. Une main glissa vers sa poitrine. Elle s'offrait, lui rendait son baiser avec passion, les yeux grands ouverts sur les mosaïques puis bientôt refermés sur le souvenir du halo lumineux qui baignait la pièce, plongeant comme un oiseau dans les profondeurs de son être pour communier dans une même sensation : leurs lèvres collées, la lumière et les couleurs autour d'elle, et même la vision fugace de son mari, de Moustafa et de ses amis.

Elle sortait de sa torpeur chaque fois qu'il l'amenait à faire un geste de plus, tressaillait d'inquiétude et se relâchait à nouveau, se laissait aller à ce bien-être, les yeux clos... Elle ne revint sur terre, au canapé et aux coussins recouverts de poussière, qu'avec la fin de la cassette et le déclic de l'appareil qui s'arrêtait. Elle ne le regarda pas quand il se leva en disant qu'il allait faire du thé. Elle songeait à son mari. Elle l'imaginait avec Moustafa et ses amis discutant près d'un bassin, entouré de plans et toutes les autres informations qu'il était possible de glaner sur la ville soigneusement consignées dans son agenda. Troublée par cette pensée, elle s'efforça de défroisser calmement les plis de sa longue jupe, avant de ne plus penser à rien d'autre qu'à Jalal en train de préparer le thé. Il faisait corps avec cet émoi qui s'était emparé d'elle dans cette grande pièce.

Elle se sentait totalement perdue, se demandant s'il leur serait possible de se revoir, seuls, avant leur départ. Fallait-il qu'elle laisse son mari rentrer de son côté et qu'elle retarde son voyage de quelques jours, d'un mois ?

Il lui apporta le thé. Elle prit le verre sans échanger le moindre mot mais en lui adressant un large sourire, qu'il lui rendit.

Elle pensait à Moustafa. Elle était sur le point de le supplier de ne rien lui dire, pas plus qu'aux autres. Pas seulement à cause de son mari, mais pour Moustafa et pour les autres, justement. Elle ne voulait pas qu'ils modifient l'image qu'ils avaient d'elle, comme si elle avait voulu les protéger. Il regarda sa montre. Elle aussi. "Il faut que je rentre à l'hôtel ?" demanda-t-elle, sans conviction. Il se leva, comme s'il avait attendu cette phrase. Il lui prit son verre qu'elle n'avait même pas touché. Elle pensa qu'il devait être nerveux, inquiet par rapport à Moustafa, par rapport à son mari… Elle aurait voulu qu'il dise quelque chose. Elle s'y préparait mais il ne s'intéressait qu'à ses clés.

Elle le précédait dans les escaliers. Il lui prit la main. Elle était heureuse de sentir ce contact mais elle se fit la remarque que ce n'était plus cet immense désir qu'elle avait ressenti un peu avant, tandis qu'elle l'observait, assise, en train de mettre la cassette dans l'appareil. Une fois dans la rue, les parois ornées de mosaïques avaient disparu, ainsi que le halo lumineux. Il n'y avait plus que l'agitation des passants. Elle se tint à quelques pas de lui pendant qu'il tournait la clé dans la porte. Elle se retrouva dans la cohue, parmi les gens qui marchaient à pas rapides ou prenaient leur temps, qui s'appelaient ou restaient silencieux. La vie reprenait son cours normal. Elle lut une enseigne lumineuse, remarqua un homme qui l'observait.

Elle le regardait fermer la porte à double tour, s'assurant ensuite qu'elle était bien bloquée. Elle se maîtrisait et le détaillait, comme si elle le découvrait. Il lui était difficile de concilier l'image de cet homme avec celui qui se trouvait avec elle de l'autre côté des murs, quelques instants plus tôt. C'était comme associer l'eau et le feu. Pendant que l'un refermait la demeure, l'autre passait de la terrasse à l'intérieur du palais pour préparer le thé, frapper une mélodie sur sa poitrine et goûter tendrement ses lèvres en lui demandant pourquoi elle avait envie tout à coup de trouver quelque chose à louer. Son regard restait posé sur celui qui se tenait devant elle. Ses yeux, sa taille, sa voix même avaient changé. Elle n'arrivait pas à croire que c'était l'être avec qui elle venait de partager quelques instants. Elle jeta un coup d'œil vers les fenêtres pour vérifier, à tout hasard, que l'autre ne s'y tenait pas pour lui adresser un adieu. L'attendait-il pendant qu'elle restait devant la porte ? L'avait-elle aperçu ?

La cohue dans la rue la rendit nerveuse. Elle croyait distinguer la silhouette de Moustafa et des autres, celle de son mari. En fait, elle en avait envie. Elle aurait voulu disparaître alors qu'ils se dirigeaient tous les deux vers l'hôtel, vaguement rassurée parce qu'il ne lui avait pas pris la main. Embarrassée, elle avançait d'un pas hésitant. Rassemblant tout son courage, elle lui dit qu'elle lui enverrait une lettre plus tard pour le prévenir quand elle serait intéressée par une location. Elle le vit hocher la tête et pensa avec inquiétude qu'elle agissait ainsi parce qu'elle avait envie de lui faire ses adieux tout de suite. Cela n'allait pas être facile. Comment lui expliquer que tout cela était arrivé à cause de la magie de cette visite, comme pour y apporter la touche finale, et qu'elle ne le reverrait plus ? Lui aussi paraissait mal à l'aise. Guettait-il l'occasion de prolonger ce qui avait commencé dans ce lieu paradisiaque ?

Plus ils approchaient des lumières de l'hôtel et plus elle tremblait. Lui semblait encore plus gêné qu'avant. Arrivé en vue de la porte, il s'arrêta. Elle fit de même, avec des excuses et des explications prêtes à fuser, mais, pour la première fois, il s'adressa à elle directement en français :

— S'il te plaît, j'ai besoin d'aide. Il me faudrait de l'argent pour aller à l'université. Je ne gagne rien avec ce boulot…

Comme frappée par la foudre, Samr n'eut même pas la force de détourner la tête pour fuir son regard, comme si un énorme oiseau s'était posé sur son crâne et lui interdisait tout mouvement. Mais elle l'entendit néanmoins achever sa phrase :

— Dis, tu m'aideras ?

JE BALAIE LE SOLEIL DES TERRASSES

Comme un cheval assoiffé, je me suis précipitée pour trouver de l'eau. Je n'avais pas seulement envie de me rafraîchir : je brûlais. Pourtant, ce n'est pas moi que j'ai aspergée, mais le jeune Anglais et son ami. Une fièvre ardente s'était emparée de moi, de ma tête, de mon cœur, de ma poitrine, de mon ventre…

Toutes sortes d'images m'assaillaient. Comme un cheval fou, je hochais la tête en tous sens pour les chasser mais, à chaque fois, elles revenaient par vagues et je me débattais plus encore.

Saad étendu sur le sol, muet. Saad à la voix de stentor chevillée à la poitrine… On dirait que sa femme la lui a empruntée, cette voix, maintenant qu'elle se répand en lamentations, avec le soutien de ses filles et des autres femmes de la famille, qui se frappent les joues et se couvrent le visage de cendres…

Le pigeon anglais en train de dévorer les restes de couscous sans une seconde de répit, plongeant son bec tout entier dans les grains. Avec un sourire, je remarque : "On dirait que tu aimes bien cela, le couscous en boîte ! Tu es bien un oiseau d'ici, habitué à manger du congelé et de la boîte !"

Aïcha, comme si elle se parlait à elle-même, dans la réserve, insistant pour que je reste au pays. La danse de ses boucles d'oreilles en or et de ses bracelets. Mon regard sur ses chaussures parfaitement assorties à son sac à main…

Moi-même, debout, chez Aïcha, dans cette maison pleine d'objets et d'odeurs du Maroc. Je n'arrive pas à croire que je suis à Londres…

Une lettre envoyée à mon adresse, ici. Mon nom écrit en anglais et un timbre de mon pays sur l'enveloppe. Dedans, toute une liste de choses que je dois acheter et envoyer à la famille : un voile blanc pour les noces de ma sœur, des bas médicaux pour mon frère, une porcelaine de Chine pour ma mère…

Le jeune Anglais, tout blond (celui-là même que je suis en train d'arroser), le jour où je lui ai offert la moitié de mon assiette, réconfortée de constater qu'il apprécie le poulet parfumé au cumin et au safran. Pour la première fois, son sourire à mon intention. Je veux lui plaire parce qu'il est anglais. Je voudrais plaire à tout le monde ici, au contrôleur dans le bus, à l'épicier indien parce qu'il tient une boutique et qu'il parle anglais…

Je me suis perdue dans le métro. Des larmes coulent sur mes joues. Je vois la plaque indicatrice au bout du couloir, je regarde attentivement les noms des stations, j'ai appris le dessin que forment leurs lettres…

Je leur lance de l'eau, malgré leurs cris : "Elle est folle, bon Dieu, elle est folle !" Comme un taureau rendu furieux par un chiffon rouge.

Des traces de sang, vermeil, sur moi, sur lui qui s'est levé d'un bond quand j'ai hurlé. Il explose : "Tu es vierge, mais tu es encore vierge ! Je ne comprends pas, je ne te comprends pas !" Je ne me mords pas les doigts de désespoir parce que je me suis offerte à lui, je ne regrette pas d'avoir cédé, de m'être allongée et d'avoir accepté l'étreinte de ce jeune homme, simplement parce qu'il est anglais, parce qu'il appartient à cette nation qui règne sur la moitié du globe. Je ne m'en veux pas de me raccrocher à l'idée que maintenant tout lien avec mon pays d'origine est vraiment rompu, simplement parce que je suis venue toute seule à Londres, sans personne pour m'accompagner. Plutôt que de pleurer et de gémir sur ma virginité perdue, je m'interroge. Il n'a pas l'air d'éprouver la moindre fierté d'avoir été le premier : est-ce parce qu'il est anglais ? A-t-il peur que je ne le dénonce et ne l'oblige à m'épouser ? J'essaie de lui expliquer qu'il n'est nullement responsable de ce qui est arrivé. Il ne m'écoute pas. Frappé de stupeur, il continue à répéter : "Tu as quoi ? Vingt-cinq ans ? Trente ans ? Et tu es encore vierge ? Bon Dieu, je ne te comprends pas, je ne comprends rien de rien !"

Cette fois-là, il n'est pas allé à la salle de bains mais il est resté dans la chambre. Je l'ai observé du coin de l'œil pendant qu'il s'essuyait avec un mouchoir en papier qu'il a jeté par terre sans se soucier des traces de sang. Il a enfilé son pantalon et s'est empressé de mettre la musique plus fort. Il a hoché la tête un moment au rythme de la mélodie et a fini par s'endormir, couché sur le ventre.

Je me revois sur la terrasse de notre maison étalant sur un drap les grains de couscous pour qu'ils sèchent au soleil, la dernière fois, juste avant de partir pour Londres. En pensée, je revois tout le village, la cime des arbres, le minaret de la mosquée, les vieux remparts. Je ne pense à rien d'autre qu'à mon départ. Je m'imagine à Londres, me frayant un chemin au milieu des grands immeubles illuminés.

Je revois l'amie d'Aïcha qui m'incite à m'enfuir de la maison. Elle tient un des enfants dans ses bras. D'une main je porte ma valise, de l'autre je tire derrière moi l'autre gamin. La voisine anglaise nous claque la porte au nez mais nous laissons quand même les deux petits sur le palier et nous nous échappons en courant après leur avoir pincé les joues pour les forcer à pleurer.

Pieds nus dans mes chaussures, je marche dans le froid londonien. Sans manteau, sans pull-over, je rentre chez Marks & Spencer. Des centaines de robes, de gilets, de chemises de nuit ravissantes... Je donne mon argent à la caissière en lui adressant un sourire auquel elle répond. Tout ce que j'ai acheté est magnifique, affirme-t-elle. Je suis heureuse. Elle trouve que j'ai bon goût, que je suis aimable. J'achète le manteau rouge que je n'ai pas encore porté une seule fois.

Je me penche sur l'aspirateur comme s'il devait m'emporter, tel un tapis magique, dans un autre univers, du monde des pauvres à celui des riches. Les produits d'entretien ont toutes sortes de couleurs et d'odeurs, ils sont aussi divers que les endroits où je fais le ménage. Le collier en or d'Aïcha que j'avais caché dans mes vêtements quitte mes mains pour passer sur le comptoir de cette bijouterie dans Oxford Street...

A nouveau cette couleur rubis qui jaillit, pareille à ces jus d'orange sanguine que l'on vend aux touristes dans la grande rue du village. Un voile devant les yeux qui colore tout en rouge malgré la vision, juste avant, de la sœur du jeune Anglais. Elle est toujours polie, elle m'a offert un ballotin de chocolats accompagné d'un petit mot de remerciement. Elle ne s'est pas contentée de me serrer la main mais m'a embrassée en me remerciant de cette invitation, un dimanche. Elle n'est pas comme son frère et ses amis quand ils viennent nous voir. Ils profitent de la chambre bien propre, du lit bien fait, du magnétoscope et de la chaîne hi-fi. Ils apprécient ma cuisine, mettent la musique très fort, sirotent les boissons qu'ils ont apportées avec eux. Tous, ils voudraient visiter mon pays. Je hoche la tête en leur promettant que cela ne leur coûtera pas un centime tout en m'imaginant les gens du village faisant cercle autour de ces jeunes aux cheveux teints, coupés très court ou au contraire très longs. Je leur souris, je remplis leurs assiettes, je leur verse du thé à la menthe ou du café. Je veux leur plaire, malgré leur puanteur, celle de leurs cheveux dressés sur la tête comme des piquets de tente colorés, imprégnés de relents d'alcool. Mais j'ai cessé d'être aussi hospitalière quand ils se sont incrustés, mettant la musique à fond, échangeant des plaisanteries qu'ils ne se donnaient plus la peine de m'expliquer pour me permettre de suivre la conversation, ou encore quand le jeune Anglais leur a montré les produits de ménage prouvant mon obsession de la propreté, leur racontant qu'un jour j'avais lavé tous ses vêtements et qu'il avait dû rester à la maison toute la journée en attendant qu'ils sèchent. Je me suis mise à les détester parce que je me retrouvais à dormir dans le couloir, avec ma couverture de laine et un oreiller que j'avais retirés du lit pour leur laisser la chambre. Peut-être qu'ils allaient comprendre ma colère et cesser d'enjamber mon corps pour s'en aller, au petit matin, en laissant derrière eux cendriers et verres sales, par terre, au milieu des bouteilles de bière vides. Il leur arrivait de s'endormir, totalement ivres, à même le sol, sans oreiller ni couverture, jusqu'à ce que je rentre du travail. Je me mettais à crier n'importe quoi en arabe, que ma chambre était aussi sale que la porcherie de l'Italien, près du village. Quand on passait à côté, on crachait par terre sans se gêner, on faisait les dégoûtés, même si on ne voyait rien d'autre, en fait, que le mur de clôture.

Pourquoi cela se passe-t-il ainsi ? Pourquoi est-ce que je les asperge malgré leurs cris ? C'est peut-être déjà arrivé, dans une des chambres voisines ?... Il y avait parfois tellement de bruit que je ne pouvais pas dormir : des cris, des bruits de verre suivis, de temps en temps, par un appel : "Police, police !"

Comme j'étais contente les premières nuits où il est resté avec moi ! Je croyais qu'il me protégerait de ce vacarme. En fait, c'était dans ma chambre que cela se passait maintenant. J'aurais voulu crier comme eux mais j'ai préféré me taire car ma voix restait nouée dans ma gorge. Je ne sais pas encore exprimer ma colère en anglais. Alors, je redeviens un cheval emballé, un taureau fou furieux. Je tourne, je saute, je plonge, je me lance en avant, je bats en retraite. Ils crient ? Non, ils rient. Ils rient !

C'est la musique qui m'a fait me lever. Un air monocorde, oppressant, comme une vrille dans ma tête. Je me suis dit qu'il fallait les mettre à la porte. Qu'il fallait me débarrasser du jeune Anglais. Je lui laisserais le choix : rester seul avec moi ou bien partir. Je sais qu'il n'a nulle part où aller mais ce n'est pas mon problème. Non, je commencerai par enlever la cassette, j'arrêterai cette musique qui n'a pas cessé une seconde depuis la fin de l'après-midi alors que le jour va bientôt se lever. Ils ne sont sensibles à rien, ils ne se rendent compte de rien.

Je charge comme un taureau. La chambre imprégnée de musique, de fumée et de l'odeur de haschisch est vide. J'imagine qu'il a dû oublier d'éteindre la chaîne avant de s'endormir. Prête à m'attendrir, je me dis qu'il faut avoir une discussion franche avec lui, les Anglais aiment cela. Après tout, peut-être qu'il n'a pas compris pourquoi je suis toujours revêche maintenant, toujours en colère. Mais la stupeur me cloue sur place. Il y a un homme qui dort à côté de lui. Ils sont nus tous les deux, enlacés. Je vois leurs pénis qui n'ont pas été circoncis et je me mets à trembler : c'est la première fois que j'assiste à un tel spectacle. J'ai la bouche et la gorge sèches, et la même sensation dans le bas-ventre. Puis je me jette sur eux, qui se lèvent, très étonnés. Revenus de leur surprise, ils se mettent à rire aux éclats, comme des enfants ravis de se faire arroser, comme si c'était un jeu.

Je dois rêver. Cela ne peut pas se passer ainsi. Bien sûr ils ont honte et ils voudraient que la terre s'ouvre sous leurs pieds ! Ils veulent se cacher, trouver toutes sortes d'excuses, de mensonges. Comment le jeune Anglais pourrait-il continuer à vivre alors que j'ai découvert son secret ?

Ils continuent à jurer et tentent de s'essuyer, sans arrêter de rire. Le jeune Anglais montre mon visage du doigt et s'esclaffe. Je dois ressembler à cette guenon enragée qui faisait la tournée des villages avec son maître, un Bohémien.

Les voir se tordre de rire me donne envie de me venger, mais comment ? Il n'a rien que je pourrais lui prendre, lui voler, cacher ou casser devant lui, briser en mille morceaux, lui jeter à la tête pour lui montrer ma colère et ma rage. Il ne possède rien d'autre que les vêtements qu'il porte normalement, et quelques cassettes, en partie payées avec mon argent d'ailleurs.

Je regarde autour de moi. Ne sachant que faire d'autre, j'enfile mon manteau, passe de grosses chaussettes par-dessus le pantalon de laine que je porte à cause du froid et je me précipite dehors sans écouter ce que l'autre essaie de m'expliquer. Je claque la porte derrière moi et je tourne la clé dans la serrure comme si je voulais conserver la preuve du crime, et les deux seuls témoins de ce forfait. Je me répète sans cesse : "Tu vas voir, tu vas voir un peu", continuant, en arabe : "Je me vengerai. Tout le monde le saura. J'aurais dû faire attention. Et dire que tu es resté une semaine entière accroché à moi comme une petite fille, comme un couillon. Mais qu'est-ce que je te trouvais ? Des heures entières à me tenir dans tes bras… Je me disais que tu me comprenais, même si tu étais anglais. J'avais envie de faire un bout de chemin avec toi, loin de Londres. Mais je ne retournerai pas chez moi, je vivrai ici. J'aurais dû le deviner ! Si tu avais eu un gros derrière, bien rond, je m'en serais douté, mais tu es mince comme un clou, avec un petit cul à peine plus gros qu'un poing ! Il fallait que je sois folle pour ne pas voir cette peau blanche, cette maigreur, ces cheveux blonds, tout ce qui m'aurait dégoûtée quand je vivais encore au pays."

J'appelle sa sœur d'une cabine téléphonique.

— Qu'est-ce que vous voulez ? me demande-t-elle en entendant ma voix.

— Votre frère...

— Vous me réveillez à cette heure-là pour me parler de mon frère ?

— Mais c'est important...

Du coup, elle m'interrompt pour me demander s'il va bien. Je lui raconte la scène à laquelle j'ai assisté. Pour toute réaction, elle se met à crier en me traitant de folle, en me reprochant de l'avoir tirée du lit pour une chose pareille, en me conseillant de laisser son frère tranquille et de me mêler de mes affaires, et en me disant de ne plus l'appeler à cette heure-là. La colère a dû la réveiller parce qu'elle ajoute :

— Je sais que vous vous êtes donné beaucoup de mal quand vous m'avez invitée, mais ce qui arrive à mon frère, cela ne vous regarde pas, ni moi non plus.

Je hurle :

— Espèce de chienne ! Puis, me souvenant de leur amour pour les bêtes dans ce pays : Salope, putain !

Je marche, ivre de colère et de rage. J'erre dans Londres avec ses belles maisons, ses grandes rues bien propres, dans ces quartiers où l'on ne voit que des gens habillés avec ce qu'il y a de plus chic, au milieu d'immeubles aussi hauts que les nuages, scintillants de lumières... Ou bien était-ce dans une ville de ténèbres, dans l'ombre des rares arbres plantés devant les petites maisons de brique, bon marché, toutes pareilles, toutes noires, parmi les sans-abri endormis dans leurs cartons pour se protéger du froid au milieu des ordures, des sacs-poubelles, de bouteilles de lait où flotte encore une odeur de rance ?

Une voix monte jusqu'à moi depuis le trottoir, de dessous une masse de vêtements imbibés d'alcool. Une voix qui mendie à boire. J'avais l'habitude de sourire quand on m'arrêtait dans la rue, sans comprendre ce qu'on me voulait. Jusqu'à ce que je découvre qu'il y avait des mendiants à Londres. Je leur faisais la charité, fière d'être plus riche qu'un Anglais !

Je marche, avec un grand vide au-dessous du ventre. Je comprends maintenant pourquoi Aïcha refusait de m'aider en me disant, dans la réserve : "Tu pars toute seule à Londres, sans une tante pour t'accompagner, ta mère ou ton mari ? Tout le monde va raconter que tu as vendu ton âme au diable. On dira de toi que tu es une fille perdue, même si tu restes aussi pure que la fille du Prophète !"

Les visites d'Aïcha au village, chaque année, avaient fait germer dans mon cœur le désir de partir, de voyager. Un désir qui n'avait fait que croître et que trahissaient désormais ma bouche aussi bien que mes yeux. Lors de sa dernière visite, je n'avais pas pu détacher une seconde mon regard de ses boucles d'oreilles en or, de ses bracelets. Je l'avais suivie jusqu'à la réserve et je l'avais suppliée de m'emmener avec elle à Londres. Ce n'était pas seulement à cause de son sac à main, tellement bien assorti à ses chaussures à talons hauts. Il y avait aussi l'odeur qui flottait dans la pièce, une odeur de grains de couscous, mêlée à d'autres produits, qui me rappelait ma triste condition et me donnait envie de ne plus jamais respirer rien d'autre que le parfum anglais que portait Aïcha. J'avais insisté, je voulais qu'elle se mette à ma place. J'avais ôté ma paire de petites boucles d'oreilles en or et sorti tout ce que j'avais pu économiser, tout ce que j'avais pu dérober dans les poches des uns ou des autres au long des ans. Je lui avais fourré le tout dans la main que j'avais refermée de force. Je lui avais raconté, en grossissant le trait, combien j'étais malheureuse dans ma famille. Elle me répondait que le travail était dur à Londres, que c'était difficile de vivre loin du pays, et je pensais qu'elle ne voulait pas que je prenne l'avion et que je m'achète des bijoux en or pour revenir, chaque année, chargée de cadeaux. Nettoyer de beaux meubles anglais, est ce que cela pouvait se comparer avec le ménage chez nous où il n'y avait que des guenilles, un balai et un seau pour frotter le sol avant de se lancer dans une interminable lessive, entièrement à la main ?

Je me tenais devant l'officier de police. Il avait l'air bien plus sérieux encore que l'inspecteur qui se rendait au village pour enquêter sur un vol ou sur un meurtre. Celui-là, il pouvait lui arriver d'oublier ses devoirs officiels, ne serait-ce que pour un thé ou une collation lors d'une enquête, ou bien le temps de faire une petite sieste ou encore de plaisanter et de se montrer aimable avec les uns ou les autres. Derrière son guichet, l'officier anglais me posait toutes sortes de questions que je ne comprenais pas. A force de m'entendre lui répéter *No English*, il m'a demandé si je parlais français. J'ai hoché la tête affirmativement et découvert alors le pouvoir magique de ce sésame, de ce petit mot français, "oui". Il a finalement tamponné mon passeport avec un air visiblement soulagé en me faisant comprendre à son insu qu'il me fallait utiliser, même en écorchant la prononciation, les quelques bribes de français que je connaissais, car cela avait un effet magique sur tout ce qui bougeait dans ce pays.

Le lendemain, chez Aïcha, je n'arrivais pas à croire que j'étais à Londres. Son appartement ressemblait à ce que l'on pouvait voir au pays, avec la même odeur, les mêmes divans chamarrés, les mêmes tapis de toutes les couleurs, les mêmes reproductions sur les murs, le même plateau de cuivre au milieu de la pièce où résonnaient les cris et les pleurs de ses deux enfants. Ce sentiment n'a disparu que pour laisser place à l'impression de me trouver dans une prison. Profitant de mon ignorance, de ce que je ne savais même pas tirer la chasse d'eau, ouvrir le robinet de la douche, mettre en marche le four ou la bouilloire électrique pour le thé, de ce que j'étais incapable de comprendre ce que disait l'aîné de ses enfants ou la voisine de palier, de répondre au téléphone, Aïcha avançait n'importe quel prétexte pour me garder prisonnière de l'appartement au lieu de m'aider à chercher un travail.

Par la fenêtre je voyais les maisons d'en face, toutes pareilles, comme dans les dessins d'enfants. On entendait des cris. Mon regard traversait un bout de terrain désolé et allait se poser sur les bus rouges et les voitures parcourant la rue à toute vitesse. Je ne trouvais rien d'autre à faire que maudire Aïcha, jurant de me venger de celle qui m'empêchait de parcourir ces rues et de monter dans ces bus rouges pour trouver un travail et avoir une maison à moi, au moins une chambre. Rien que la vision d'Aïcha arrivant à la porte, après le travail, chargée de sacs, avec cette odeur de parfum et de tabac froid qui se dégageait de son manteau, me mettait en transe : moi aussi je voulais revenir avec des provisions, porter un manteau…

Tout cela paraissait un rêve impossible à réaliser. Je n'avais pour seule compagnie que les bandes de pigeons. Je m'étais habituée à leurs roucoulements et je les attirais sur le rebord de la fenêtre en leur jetant des restes jusqu'à ce qu'ils s'approchent assez pour que je puisse leur dire : “Goûtez-moi un peu ça, les pigeons anglais, du bon couscous roulé comme il faut, et dites-moi si ce n'est pas bon !” J'avais été très étonnée de découvrir le couscous en boîte et de constater que les Anglais en mangeaient. Je pensais qu'ils ne faisaient pas grand cas de notre nourriture, habitués qu'ils étaient à manger des mets de roi !

J'ai quitté ma prison le jour où j'ai rencontré une femme de notre village encore plus montée contre Aïcha que je pouvais l'être. Elle était venue emprunter une machine à coudre et elle m'a demandé si je me plaisais ici. Je lui ai raconté différents mensonges auxquels j'ai fini par croire moi-même par la suite : comment Aïcha surveillait ce que je mangeais et ce que je buvais, comment elle m'avait accueillie chez elle à condition que je m'occupe de la maison et des enfants… “Mais oui, approuvait la femme de la tête, tout le monde dit qu'Aïcha est devenue comme une Anglaise !” Grâce à moi, elle devait faire de sérieuses économies puisqu'elle ne laissait plus ses enfants à la garde de la voisine quand elle sortait travailler.

Nous sommes tout de suite tombées d'accord pour critiquer Aïcha et lui attribuer tous les défauts de la terre. Elle me racontait des choses absolument délirantes mais j'acquiesçais à tout. A mon tour, je lui ai affirmé qu'Aïcha devait certainement avoir un amant et nous avons tout fouillé en quête d'une preuve. Nous avons forcé la seule armoire qui était fermée à clé pour ne trouver que des vêtements neufs et des chaussures dans lesquelles elle avait caché quelques bijoux. A coup sûr, son amant devait lui donner de l'argent et si elle me laissait seule à la maison avec les enfants, c'était pour le retrouver plus facilement, sans avoir à se soucier de son mari...

Seuls les murs de l'appartement avaient pu assister à notre délire mais, tout à coup, j'étais certaine que les enfants nous avaient entendues, et également Aïcha, même si elle était sortie travailler. Je me suis dépêchée de faire ma valise et je suis partie avec la femme qui en a oublié la machine à coudre. Quant à moi, j'étais bien certaine que je ne reverrais jamais Aïcha, surtout quand la nouvelle de ce que j'avais fait serait arrivée chez les miens, tellement amplifiée qu'on m'accuserait d'avoir tout volé chez celle qui m'avait accueillie.

J'ai suivi les conseils de la femme et j'ai commencé à faire des heures de ménage, découvrant que chaque minute valait de l'argent. Je me suis jetée à corps perdu dans le travail, nettoyant des bureaux, des restaurants, des hôpitaux, oubliant mes veines gonflées de fatigue chaque fois que je pensais aux livres sterling qui allaient rejoindre celles que je gardais dans mon sac à main. Je n'ai arrêté de travailler comme une folle que le jour où j'ai eu envie de rester avec le jeune Anglais, celui-là même que je viens d'arroser. Dès mon premier emploi, j'avais quitté la femme qui m'avait hébergée pour louer une chambre. Quand on m'a dit que la cuisine et la salle de bains étaient communes, j'ai imaginé la surprise et les rires des gens au village : une chose pareille, en Angleterre, le phare de la civilisation ?

Le jeune Anglais faisait une journée à l'hôpital et disparaissait de la circulation pendant un bon moment. Durant la pause, ou bien à l'heure du déjeuner, je ne le voyais grignoter rien d'autre qu'un morceau de chocolat et quelques biscuits. Il ne parlait avec personne et restait les yeux fermés, son baladeur sur les oreilles. Il était blond, avec des yeux clairs et un visage fin. Il avait dû me plaire même si je me suis dit au début qu'il me faisait pitié à le voir avaler n'importe quoi. J'ai eu envie de lui proposer quelque chose à manger. Surpris de me voir m'approcher et lui tendre un morceau de poulet, il a d'abord refusé mais, comme j'insistais, il a fini par esquisser un geste en me demandant si j'étais bien sûre de vouloir le lui offrir. J'ai souri. Je ne prenais plus au sérieux tout ce que disaient les Anglais parce qu'ils faisaient pareil avec moi. "Vous êtes bien sûre ?" me demandaient-ils toujours quand je leur proposais quelque chose à manger, un verre de thé, ou même quand je payais leur place dans le bus lorsqu'il m'arrivait de monter en même temps que quelqu'un de connaissance.

Après le morceau de poulet au cumin et au safran qu'il avait visiblement apprécié, il m'a demandé d'où je venais. On aurait dit que les portes du paradis s'ouvraient devant lui quand il a entendu ma réponse. Son visage s'est brutalement adouci. Ses grands yeux clairs avaient pris une nuance vert olive. Il m'a expliqué qu'il avait toujours rêvé de visiter mon pays, ou mieux encore d'aller y vivre. On y trouvait le meilleur haschisch du monde. Etait-il aussi peu cher qu'on le disait ? J'ai inventé une histoire, heureuse d'attirer son intérêt car j'avais cru qu'il ne m'adresserait jamais la parole. Du haschisch ? On en cultivait dans ma famille, il y en avait partout chez nous, comme le gazon, ou encore comme les bouteilles de lait vides à Londres ! Un prodige, vraiment : partout où tombaient ses graines, le haschisch dressait ses tiges comme les flammes d'un feu !

— Et tu as quitté pareil climat pour les nuages de ce foutu endroit ? s'est-il écrié en rêvant à mon pays, à son soleil et à son haschisch.

— Et qu'est-ce que j'en ferais de ce soleil ? Je le balaierais des terrasses ? ai-je répondu en revoyant dans ma tête la routine de la vie au village, la pauvreté, le rien, les regards menaçants des hommes de la famille, l'air inquisiteur des autres, ou encore ma mère et ses paroles amères.

Que faire de tout ce soleil ? me répétais-je. Le balayer des terrasses ? Je suis heureuse à Londres, je suis libre, libre de faire ce que je veux, de m'acheter ce dont j'ai envie. Comment ne le serais-je pas ? Alors que je ne me croyais pas jolie, dans mon pays, lui fait l'éloge de ma beauté, de ma peau sombre, de mes cheveux frisés ! Il m'embrasse sur la joue, joyeusement chaque fois que je lui prépare quelque chose à manger, chaque fois que je rentre du travail, quand nous regardons la télévision. Si jamais il m'arrive d'être en retard pour une raison ou pour une autre, il est toujours à m'attendre au bout de la rue.

Je l'avais pressé de venir s'installer chez moi après avoir compris qu'il me fallait saisir tous les aspects de la réalité londonienne. Ce jour-là, il m'avait fait entrer dans un pub. Je n'avais pas ouvert la bouche, étourdie par le vacarme, et je n'avais rien bu d'autre qu'un verre d'eau. Pourtant, me trouver debout au milieu de tous ces Anglais, de la cohue et de la fumée des cigarettes, m'avait rendue fière de moi, heureuse, confiante en moi-même.

A peine entré dans ma chambre, cette nuit-là, il n'avait pu s'empêcher de me dire que je devais être riche pour avoir un lit pareil, avec une couverture aussi chère, et puis des cassettes, une télé et un magnétoscope. D'ailleurs il s'en doutait depuis qu'il m'avait vue me servir à manger dans une assiette à part, boire mon thé dans un verre rien que pour moi, avant d'en offrir à la ronde. Je hochais la tête en souriant à sa méprise, étonnée de constater qu'il ignorait tout du crédit.

Il s'était étendu sur le lit pour l'essayer : “Ce qu'il est agréable ! Et propre ! Je n'ai jamais dormi dans un lit pareil !” Avais-je bien entendu, ou mal compris, comme cela m'arrivait si souvent ? Nos discussions ressemblaient à un match de football : tantôt la balle allait dans le but, tantôt elle le manquait de peu, mais le plus souvent elle ratait largement la cible et s'envolait dans les nuages ! “Je n'ai jamais dormi dans un lit pareil !” Et les publicités à la télévision alors, pour les matelas, pour les draps ? Et les vitrines des magasins partout dans Londres ? Je croyais qu'il y avait des lits de ce genre dans toutes les maisons que j'apercevais de mon bus en passant.

Parfaitement détendu, il s'était endormi jusqu'à l'aube. Dans ces quartiers-là, Londres ne se repose jamais. Ou bien, si la ville s'endort, ce sont les néons sur les murs qui ne s'arrêtent pas avec les publicités pour des films, des chanteurs, des marques de lait, contre la drogue, le sida…

Le sida ? Mon esprit est brusquement en alerte. “Tu vas attraper le sida !”, c’est cela que je devais lui jeter à la tête en brandissant un index menaçant : “Tu mourras du sida !” Mais moi aussi ! me dis-je tout en me rappelant qu’il ne m’a prise que deux fois, et sans éjaculer en moi. Mais qui sait ? Le virus a pu me contaminer quand même… Instinctivement, je lève les yeux au ciel, vers Dieu, pour qu’Il constate ma peur et mon repentir. Mais il n’y a rien à voir, ni lune, ni étoiles, rien que la nuit obscure.

Je baisse la tête, comme si je reconnaissais la vérité des paroles qu’avait prononcées la vieille Khadija quand elle avait appris mon départ pour Londres, comme si elle avait voulu me faire abandonner ce projet : “Ils ne connaissent pas Dieu, ces étrangers !” Elle s’était reprise et avait demandé pardon à Dieu pour cette offense : en réalité, leur Dieu était différent du nôtre, ce n’était pas celui de l’islam. Elle s’était encore corrigée en se rappelant qu’il ne pouvait y avoir qu’un seul Dieu. Le problème avec ces étrangers c’était qu’ils ne suivaient pas Ses commandements. Pour finir, Khadija s’était levée pour se rincer la bouche une bonne dizaine de fois et se purifier d’avoir proféré de telles paroles. Après, elle s’était prosternée vingt fois de suite pour se punir d’avoir eu de telles pensées.

Il faut que je rentre à la maison, d’autant plus que quelqu’un s’est mis à me suivre. Je m’interroge tout en pressant le pas : Pourquoi suis-je ici ? Je n’en sais rien. Pourquoi ne rentrerais-je pas au pays ? J’emporterais le drap taché de mon sang. Je me suis bien gardée de le laver et je l’ai caché parmi mes affaires en me disant que je pourrais bien en avoir besoin pour l’étaler sur mon lit de noces à la faveur de l'obscurité. Mon lit de noces ? En économisant, je trouverais facilement un mari, surtout si je lui promets de l'emmener à Londres. Pourquoi suis-je ici ? Parce que je suis à l'abri du regard des gens du village, loin de leurs questions : où étais-tu ? où vas-tu ? Parce que je n'ai plus à répondre à l'interrogatoire de ma mère qui s'inquiète de savoir pourquoi je dors sur le ventre, pourquoi je reste aussi longtemps dans la salle de bains. Le Dieu de mon lointain pays connaît cela. Il veille sur moi mais c'est à moi également de me protéger du démon et du sida.

De retour chez moi, la voix de Warda, la chanteuse algérienne, me parvient de l'autre côté de la porte d'entrée. J'ouvre pour me trouver nez à nez avec mon double, un peu plus grand tout de même, et blond avec des yeux clairs. L'ami du jeune Anglais a passé mes propres vêtements, mis du khôl autour de ses yeux, fixé mes boucles à ses oreilles et maintenant il dodeline de la tête en se laissant aller au rythme de la musique.

Je suis debout face à la blonde image de moi-même. Le brouillard s'est dissipé, tout est devenu clair. Je n'ai plus besoin de repousser la vision de Saad étendu par terre, de chasser de ma mémoire le souvenir de sa grosse voix capable de dominer le hurlement du vent. Une voix muette pour toujours… Les femmes se frappent le visage, se couvrent le front de cendres. Saad a mis fin à ses jours lorsqu'on a fait courir le bruit qu'on l'avait surpris avec un jeune berger de passage. Il ne pouvait plus ouvrir la bouche ; il avait avalé sa langue et perdu tous les mots pour parler. Sa femme, d'ordinaire parfaitement muette, et ses sœurs, et ses filles, et toutes les femmes du village hurlaient parce qu'on avait retrouvé la feuille sur laquelle il clamait son innocence. Les hommes de sa famille avaient voulu se venger de celui qui était accouru comme un fou pour raconter la scène à laquelle il avait assisté ce jour-là, par un après-midi torride, et qui à présent se souciait moins du destin de Saad que d'arriver à convaincre les gens du village qu'il avait bien dit la vérité. Les avis étaient partagés entre ceux qui croyaient en l'innocence de Saad et ceux qui voulaient prouver son crime, même après sa mort. Car il était sous terre désormais et son âme était condamnée à errer dans les ténèbres.

Je ris à ce souvenir. Moi, la blonde, je ris de mes compatriotes en voyant Saad couché avec le jeune Anglais. Ils sont enlacés, ils s'amusent... Le jeune Anglais s'approche de moi, me prend par la taille, surpris de me voir aussi calme, de m'entendre rire. En souriant, je dis à son ami que mes vêtements lui vont très bien. Il me demande alors s'il ne pourrait pas m'emprunter un caftan. Je hoche la tête avec regret : je n'en ai pas apporté parce que je pensais que les Anglais s'offusqueraient de me voir porter mon caftan avec sa ceinture argentée – alors que j'ai découvert qu'on vendait des habits de ce genre à Londres, et bien plus cher. J'éclate de rire maintenant parce que le mendiant de tout à l'heure s'est assis à côté de la vieille Khadija. Le contrôleur roux du bus discute avec Hamouda, le facteur. Les amis du jeune Anglais jouent avec les petits-enfants de Khadija, Margaret surtout dont les cheveux sont de la même couleur que cet étrange cendrier qu'un des enfants avait vu sur le marché et qu'il avait réclamé en pleurant, pensant que c'était un jouet, jusqu'à ce que sa mère le lui achète. Margaret et Saniyya parlent ensemble, au hammam. Je vois mon village : des gens sortent de terre, tombent du ciel... Ils grimpent dans les grands bus rouges et discutent dans la langue d'ici. Des Anglais, avec chapeau melon et parapluie noir, escaladent les murailles de notre petite ville, des femmes promènent leurs poussettes dans le dédale des ruelles caillouteuses...

La télévision met un terme à mon cinéma intérieur. Mon regard est attiré par une publicité pour des appareils électriques : four, radiateur, cuisinière... Il faut que je m'en achète une comme celle-là pour remplacer mon réchaud à gaz qui s'est mis à fuir, la semaine dernière. Le réparateur a tracé une grosse croix dessus et nous a interdit de nous en servir, sinon tout pourrait exploser.

Je me retourne, je veux demander au jeune Anglais pourquoi il vit avec moi. Pourquoi reste-t-il avec moi, lui qui m'a confié un jour que je m'occupais de lui comme personne ne l'avait fait avant moi, pas même ses parents ? Il avait toujours envie de visiter mon pays un jour. Je ne le croyais pas parce que je n'avais pas l'habitude d'entendre les gens parler sincèrement et parce que je préférais me fier à ce que je pensais plutôt qu'à ce qu'on me disait.

Au lieu de cela, c'est une autre question que je formule, à propos du sida. Je leur conseille de demander une analyse de sang. Je me dis que je vais mettre les draps à bouillir, et que j'irai à la pharmacie pour acheter un désinfectant aussi puissant que possible, avant de me donner une douche vaginale, avec de l'eau bien chaude et du vinaigre, pour tuer tous les microbes.

Ils sont allés à la cuisine et j'en profite pour ranger un peu la chambre et pour rassembler les assiettes qui traînent par terre ou bien sur le rebord de la fenêtre. Les pigeons accourent tout de suite, alors que le jour ne s'est pas encore levé. Je sais que les voisins s'en plaignent mais je me moque de ce qu'ils peuvent dire.

"Mange, dis-je au premier pigeon accouru, tu as de la chance que je te nourrisse, et pas pour te manger plus tard. Chez nous, quand on voit un pigeon, on lui jette des pierres et, si on a la chance de l'atteindre, on le prend et on le mange. Quand on le rate, on dit que c'est la part des anges. Je sais, c'est vrai, tu n'es pas beau, tu n'es pas blanc, tu n'es même pas d'un joli marron, tu es tout gris. Gris comme un gros rat ! Mais je t'aime bien, parce que tu es né ici et que tu restes là à m'attendre, chaque jour..."

UN PAON BLANC DANS HOLLAND PARK

Médusée, Yasmina s'était arrêtée devant le paon blanc. Elle n'avait jamais imaginé que la nature puisse donner vie à de telles créatures. Chaque plume de sa longue queue s'ornait à son extrémité d'un œil, lui-même entouré d'un cœur, suivi par un second, plus grand, qui se refermait sur de longs cils. Une parure comme celle des paons ordinaires, sauf qu'elle n'était pas bleue et verte, mais blanche. Comment ne s'était-il pas encore trouvé un poète pour la comparer à la légère brume du matin ? Elle s'approcha de l'animal en cherchant un moyen de l'inciter à faire la roue. Elle poussa un cri, elle lui jeta un gravillon, elle imita un aboiement. Le paon demeurait impassible avec, sur sa tête, cette crête qu'on aurait dite couverte de neige fraîchement tombée. Il marchait lentement, tirant derrière lui comme une traîne de fine mousseline. Elle aurait voulu qu'il reste juste devant elle mais il préféra s'en aller à pas lents et orgueilleux. Yasmina s'empressa de sortir le morceau de pain qu'elle avait apporté en pensant à son fils et elle l'émietta devant l'animal qui s'approcha avec ses magnifiques plumes blanches. Il picora le pain et, voyant qu'il n'y avait plus rien par terre, abandonna son admiratrice. Vraiment, le Créateur avait veillé au moindre détail de sa parure ! Yasmina le suivait pas à pas tout en se disant qu'elle en parlerait dans sa prochaine lettre à son amie de Beyrouth. Avec des remords, elle chassa cette pensée de son esprit : comment pouvait-elle songer à une chose pareille alors que son amie, et tous ceux qu'elle avait laissés là-bas, se terraient dans un abri souterrain ou même dans un recoin au fond d'un couloir ?

Son fils, Ziad, courait en léchant son cornet de glace. Elle était heureuse qu'il ait pu quitter Beyrouth. C'était la première fois depuis bien longtemps qu'elle le voyait galoper comme un enfant ordinaire. Des mois durant il était resté enfermé à la maison, entre sa chambre, la cuisine et le couloir. Elle regarda ses propres pieds, comme si elle les redécouvrait, et se mit à courir gaiement, en observant les mouvements de ses jambes.

Elle ne se rendit compte qu'elle était seule dans le parc, et que le soleil avait disparu, qu'au moment où l'obscurité s'installa, d'un seul coup. Tenant Ziad par la main, elle se dépêcha de regagner l'endroit par où elle était entrée. Fermé ! Avec inquiétude, elle découvrait ce à quoi elle n'avait jamais pensé auparavant, que les parcs et les jardins avaient des portes ! Percevant la peur de sa mère, Ziad lui demanda d'une petite voix :

— On va dormir ici ?

— Mais non, mon chéri, on va sortir.

Il y avait certainement une autre entrée. Tous les jardins en ont plusieurs. Elle marchait, cherchant en vain une autre issue, et le parc se métamorphosait peu à peu en une forêt profonde, plantée d'arbres immenses. L'automne avait fait tomber des monceaux de feuilles où leurs pieds s'enfonçaient. Malgré sa peur, elle ne pouvait rester insensible à la beauté de ce lieu silencieux. Elle s'arrêta pour chercher un meilleur chemin. En quelques pas elle se retrouva dans l'obscurité la plus complète. Elle avait les mains moites, ainsi que le creux des aisselles. La gorge sèche, elle réussit seulement à lâcher d'une petite voix : "Oh mon Dieu !"

"Oh mon Dieu !" répéta après elle Ziad, ce qui ne fit qu'augmenter sa peur. Il y avait certainement un téléphone quelque part. Il fallait retourner à la porte d'entrée. Elle chercha la bonne direction du regard.

Comme si la nature autour d'elle connaissait sa fragilité lorsqu'elle se retrouvait dans une situation imprévisible, un couple, enlacé au pied d'un arbre, était apparu comme par enchantement, à quelques pas d'elle seulement. Se sentant observés, l'homme et la femme s'éloignèrent. Elle les rattrapa pour leur demander de l'aide et se retrouva marchant à hauteur de l'homme, tandis que la femme l'accompagnait de l'autre côté. Elle emprunta une nouvelle allée et découvrit une succession de mares où nageaient des cygnes. L'homme s'arrêta au pied d'un mur qu'il escalada pour se retrouver dans la rue. Il attrapa Ziad, suivi par l'autre femme, et Yasmina qui sauta à son tour malgré la hauteur.

Allongée sur son lit, les yeux fermés, elle se revoyait errant dans Holland Park, avec le couple enlacé sous l'arbre, les feuilles sèches, le paon blanc. Elle repensa à sa frayeur et, à sa grande surprise, elle y trouva plaisir. Elle aurait voulu connaître cette sensation une autre fois, mais avec un homme. Elle imagina qu'elle s'était perdue. Le cœur battant, elle confiait sa main, moite de sueur, à cet homme qui l'entraînait. L'une après l'autre, ils essayaient toutes les portes. Seuls dans ce parc. Tous les paons s'étaient envolés pour se poser sur un arbre. Leurs longues queues diaphanes donnaient l'impression que les branches fumaient… Elle avait envie de connaître un tel effroi, de vivre un tel moment de grâce, avec un homme. Quand elle était avec son mari, jamais ils n'oubliaient le temps. D'ailleurs, il n'aurait jamais laissé passer l'heure pour se retrouver enfermé dans un jardin plongé dans l'obscurité. De toute façon, ils n'allaient jamais au parc !

Elle éteignit la lumière et ferma les yeux en remarquant, avec un sourire, qu'elle avait eu largement l'occasion, à Beyrouth, d'éprouver pareille sensation. Mais, durant la guerre, cela restait une préoccupation purement terre à terre : il fallait penser aux provisions, à l'eau… Ils n'avaient jamais calmé leur angoisse par une étreinte, ou même par un baiser, comme si de tels gestes n'étaient pas permis sous les explosions, alors qu'ils étaient peut-être plus sincères en pareilles circonstances qu'en temps normal. Pourtant, ils auraient eu bien besoin d'un tel calmant, pour continuer à croire que l'amour existait malgré la guerre et la violence. Au lieu de cela, ils fourraient des boules de naphtaline dans les tapis soigneusement rangés, protégeaient toutes les issues par de lourds volets de bois fermés à l'aide de clés si grosses qu'on aurait pu imaginer qu'elles servaient à ouvrir les portes d'une forteresse, et roulaient l'argenterie dans les serviettes au lieu de se rouler eux-mêmes entre les draps et de s'y blottir, comme dans un coquillage, à l'abri de tout sauf du bruit de la mer.

Trouver un homme avec qui se perdre dans Holland Park et, quand vient le noir, alors que les issues sont fermées, marcher sur les tas de feuilles dorées, s'arrêter doucement devant une porte close, se tenir sous un arbre, enlacés, en cherchant une solution, avant d'entrer dans la forêt, avec ce chemin étroit où il fait nuit noire...

Yasmina était encore dans le parc, tournant en rond, s'enfonçant de plus en plus sous les arbres, soupirant et priant Dieu de lui venir en aide, sans jamais arriver au mur de clôture. Elle errait dans un labyrinthe. Malgré l'obscurité, elle distingua les traits d'un poète qu'elle avait entendu réciter son œuvre au cercle culturel, avant le début de la guerre civile. Il s'approcha d'elle, surpris d'une telle coïncidence, pour lui confier qu'il s'était égaré lui aussi. Yasmina le conduisit de porte en porte, gravit avec lui la pente toute noire, entra dans la forêt. Il la tenait par la main. Elle entendait sa respiration comme il devait deviner la sienne, lui aussi. Ils s'arrêtèrent sous un arbre, elle ferma les yeux. Deux braises se posèrent sur ses lèvres. Elle était bouleversée. Jamais elle n'avait été embrassée ainsi. Ils marchèrent, passant devant les paons endormis. Stupéfaite, elle vit le poète flatter de la main les plumes immaculées, sans réveiller l'animal. Il lui prit une main, qu'il guida pour qu'elle fasse comme lui. Debout, son compagnon saisit son visage entre ses mains et lui avoua qu'il l'avait remarquée lors du récital poétique. Elle portait une robe bleue comme la mer et elle était toute bronzée. Ils n'eurent pas à marcher : ils se retrouvèrent sautant le mur du jardin pour rester, enlacés, sur le trottoir.

Le matin, elle ne pouvait croire que sa rencontre avec le poète fût un rêve. Bien sûr, cela lui était déjà arrivé de rêver, y compris d'hommes, mais jamais de cette façon, aussi forte, aussi réelle. Durant la journée, elle fit le tour de Londres, avec son fils, à la recherche d'une école. Tout la fascinait dans cette ville et elle était également soulagée de se trouver loin de la guerre et de la peur. Malgré cela, la main tiède du poète ne quittait pas la sienne, et elle aurait pu toucher cette poitrine sur laquelle elle avait posé sa tête après avoir sauté le mur du parc.

Son agitation dura jusqu'à la fin de l'aprèsmidi. Elle se rendit compte alors qu'elle se dirigeait vers le parc, qu'elle empruntait les allées qu'ils avaient suivies ensemble. Elle retrouvait tout ce qu'ils avaient vu, dans les moindres détails, les racines d'un arbre, ses branches, jusqu'à sa propre démarche lorsqu'il lui fallut traverser un grand tas de feuilles mortes. La clôture se trouvait bien là, ainsi que les petites mares, les oiseaux. Et même la légère morsure du vent frais, le banc sur lequel ils s'étaient assis juste avant la tombée de la nuit…

Elle marchait, les bras croisés sur la poitrine pour se protéger de la fraîcheur. Ziad émiettait un morceau de pain. Becs tendus, le coq, les poules de Guinée, les moineaux faisaient cercle autour du paon blanc qui, sans s'inquiéter, dévora tout jusqu'à la dernière miette.

Elle réfléchissait : devait-elle joindre au plus vite le poète pour lui demander de venir à Londres ? Mais avant même d'avoir pu se demander quelle serait sa réaction devant une requête aussi étrange, ou bien s'il comprendrait qu'il lui fallait absolument se perdre avec elle dans Holland Park, elle fut tirée de ses pensées par le paon blanc qui faisait la roue et étirait sa queue en éventail. Elle s'approcha doucement. Elle se souvenait de cette couleur diaphane propre aux coraux de la mer Noire en contemplant l'animal qui se pavanait, comme s'il n'ignorait rien de la réaction de ceux qui le contemplaient, le souffle coupé par la beauté de ce spectacle. Yasmina repensa à cette phrase du poète, la veille au soir : "Le paon ne fait la roue que pour séduire sa femelle !"

Non ! ce dialogue, cette conversation, ce n'était pas une illusion ! Ils avaient sauté l'un et l'autre par-dessus le mur de Holland Park, il l'avait serrée dans ses bras quand elle lui avait dit qu'elle aimait son mari et qu'elle lui était fidèle. Il l'avait emmenée dans un club ensuite. Elle avait gardé le souvenir des chaises, de la table, des miroirs en forme d'ananas collés sur les murs, du Bloody Mary qu'elle avait commencé à boire pour se griser un peu plus, juste au moment où il murmurait quelques mots. En riant, il lui avait expliqué ensuite qu'il avait prononcé une formule magique pour qu'elle tombe amoureuse de lui. Elle lui expliqua qu'elle regrettait de ne pas l'avoir invité chez elle à Beyrouth. Elle aurait voulu lui montrer le petit âne, en plâtre blanc, qu'elle aimait tant.

Non, ce n'était pas un rêve. Un rêve, cela dure un jour, une semaine peut-être, pas un mois, ce mois qu'elle passa tout entier à faire les boutiques. Elle se regardait dans le miroir, essayant de se voir avec ses yeux à lui. Il n'était pas comme les autres hommes. Il faisait attention à une couleur, à la coupe d'un vêtement, au moindre détail.

Elle accompagna Ziad dans sa classe. Pour s'occuper en attendant qu'il s'habitue à sa nouvelle école, elle se mit à faire du courrier. Elle écrivait son nom, lui adressait une lettre qu'elle déchirait en morceaux ensuite. Elle achetait toute la presse libanaise dans l'espoir de trouver une photo de lui, ou bien un de ses poèmes. Elle trouverait peut-être, entre les lignes, une allusion. C'était la première fois qu'il évoquait la fleur du jasmin, c'était à elle qu'il pensait, à son nom ! Quelques instants plus tard, elle n'en était plus aussi certaine. Au théâtre, elle aurait aimé qu'il soit avec elle pour parler de la pièce à laquelle elle venait d'assister, à l'image de ce couple qu'elle observait dans un coin du restaurant. Dans le bus, sur le chemin du retour, elle aurait tant voulu qu'il soit assis à côté d'elle, au lieu de cet ivrogne ! Non, ce n'était pas un rêve…

Quand son mari la retrouva à Londres à son retour des Etats-Unis où il avait assisté à une conférence, elle l'embrassa sans passion, sans éprouver le même désir qu'auparavant. Elle n'était pas avec lui. Rassemblant tout son courage, elle lui avoua son amour. "Tu as toujours été si rêveuse, commenta-t-il en riant, tu ne changeras jamais !" Elle lui répondit tout au fond d'elle-même : non, ce ne pouvait pas être seulement un rêve. Un pressentiment pouvait faire naître un amour, transformer des liens imaginaires en relation réelle, préparer une rencontre. Ainsi, quand elle travaillait dans sa cuisine, quand elle achetait des légumes et des boîtes de conserve au supermarché, quand elle nettoyait la baignoire, elle voyait bien ce qui relevait de son imagination et découvrait les choses telles qu'elles étaient : la magie de Holland Park avec le paon blanc, ce cadre si propice à l'amour à Londres avec l'hiver, le ciel dégagé, le froid, les pelouses, le bus, les magasins, les cinémas et les théâtres, l'agitation de la ville, les zones de calme, les pigeons, la paix... De plus, elle était seule la plupart du temps, sans avoir un homme à ses côtés. Mais, le soir venu, elle croyait à nouveau à la réalité de son rêve. Elle cherchait un moyen de rencontrer le poète avant de devoir quitter Londres.

La trêve se prolongeait depuis plus d'un mois. Yasmina revint donc à Beyrouth. Elle avait oublié le poète quand elle le vit s'approcher de loin, un journal à la main. Elle ne s'arrêta pas. Elle lui fit un sourire et poursuivit sa route.

UN PROGRÈS NOTABLE

A même le couvre-lit qu'elle avait brodé en se servant de ses aiguilles les plus fines pour que les motifs ne soient pas plus gros que des têtes d'épingles, Houda sortit d'une boîte portant la griffe d'un chausseur prestigieux une collection de vieilles seringues et d'emballages vides que l'infirmière s'étonnait toujours de la voir conserver ainsi.

Avant, elle n'accordait guère d'attention aux chaussures de luxe, à leur qualité. Elle voulait seulement qu'elles soient à la mode. Peu lui importait qu'elles aient ou non des incrustations de cuir pour décorer les doigts de pied car elle recherchait avant tout quelque chose à la fois convenable et bon marché. Jusqu'au jour où elle avait commencé à être malade. Elle avait alors décidé que le prix le plus exorbitant ne la ferait pas même bouger d'un cil, qu'elle paierait tout rubis sur l'ongle, en espèces et pas avec cette carte de crédit qui donne l'impression de régler ses dépenses sans même s'en rendre compte.

Elle achetait ce dont elle n'avait nul besoin, des serviettes signées par un styliste célèbre, une main en verre pour y enfiler ses bagues, plusieurs housses pour son robot de cuisine Magimix, tout ce qu'on pouvait inventer pour être vendu dans un magasin... Elle ne tenait aucun compte des remarques que risquait de temps à autre son mari en réglant les factures, même s'il avait renoncé à comprendre l'utilité d'un porte-bouteilles pour des gens qui ne buvaient pour ainsi dire pas de vin, ou l'intérêt de ces rangées de livres dorés sur tranche alors qu'ils se contentaient de feuilleter des journaux et des revues. Sans parler des sels de bain de toutes les couleurs, des lotions pour le corps à base d'argile et de toute une panoplie d'appareils électriques pour mincir.

Pas un instant, son mari ne prit la peine de réfléchir à un changement aussi notable, même lorsque Houda revint de chez le coiffeur avec une nouvelle permanente et des mèches de couleur. Tout de même, quand elle s'inscrivit à des cours d'anglais et à un club de sport et d'aérobic, il lui vint à l'esprit que sa femme essayait de s'adapter au mode de vie anglais. Cela l'étonna un peu car il ne s'était jamais imaginé auparavant qu'elle ait pu ressentir le besoin d'échapper au milieu arabe dans lequel elle vivait, qu'il s'agisse de cuisiner, de passer le temps avec d'autres femmes et même de s'associer aux obligations sociales au sein de la communauté libanaise.

Un changement notable était apparu chez Houda. A coup sûr, il était lié à ses cours d'anglais car elle s'enhardissait davantage à parler dans les magasins ou dans les restaurants – elle choisissait désormais les plus chic et les plus chers, ceux où l'on entourait l'assiette de fleurs naturelles que les convives pouvaient manger et où l'on servait des spaghettis à l'encre.

Houda ne se contenta pas de fréquenter les restaurants mais obligea son mari à l'accompagner à des comédies musicales où elle exhibait des robes qui valaient bien celles que les actrices portaient sur la scène. A partir du moment où il commença à y prendre plaisir, elle poursuivit ces sorties mais en compagnie d'amies. Le week-end, il ne lui suffisait plus d'accueillir des proches en leur servant les traditionnelles galettes de pain couvertes d'épices du pays. Désormais, elle allait visiter avec son mari les environs de Londres, contemplant les belles maisons agrémentées de jardins ombragés. Elle lui faisait comprendre qu'ils devraient s'acheter quelque chose à tel ou tel endroit mais il repoussait énergiquement cette idée en la traitant de folle : "C'est un des quartiers les plus chers. Il y a même la mère de la reine qui vit ici !"

Désespérant de le voir se résoudre à pareil investissement, Houda passa à autre chose et s'intéressa à sa belle-mère qui vivait encore à Beyrouth. Elle harcela son mari pour qu'il l'invite, l'abreuvant de la même antienne : "Ta mère est toute seule, et Londres, c'est si beau !" Quand sa belle-mère vint les rejoindre, Houda lui fit visiter tous les lieux touristiques l'un après l'autre, tous les endroits commerçants. Elle lui acheta un gilet en cachemire et un magnifique plat de porcelaine. Elle attendait le retour de son mari pour lui faire part de ses achats et lui raconter comment elles avaient passé la journée, sa belle-mère et elle. Il lui était reconnaissant de se comporter ainsi, mais également vaguement étonné par une sollicitude qu'elle n'avait guère manifestée jusqu'alors.

Il n'y réfléchit pas vraiment. Il n'avait pas dû saisir sa vraie personnalité, elle qu'il avait connue plutôt timide et silencieuse. Elle l'avait repoussé quand il était venu demander sa main, sur le conseil de sa mère et de ses tantes très impressionnées par la jeune fille. Il n'avait pas compris la raison de ce refus initial. Même s'il avait une quinzaine d'années de plus qu'elle, il jouissait d'une très bonne situation en tant que directeur général d'une banque. Cependant, quelques jours plus tard, elle était revenue sur sa première décision, dictée par la peur de partir pour l'étranger et de se retrouver loin de sa famille, alors qu'elle ignorait tout et des Anglais et de leur langue.

Un soir, le téléphone sonna. Sans doute occupée, Houda ne prit pas le récepteur pour une fois mais laissa son mari répondre. "Houda ! C'est Beyrouth. Ta famille apparemment." Houda se précipita, toute joyeuse. Puis son visage s'assombrit tandis qu'elle essayait d'assimiler ce qu'on venait de lui dire, avant de répondre en jetant un coup d'œil à sa montre : "Il n'y a plus d'avion, pas moyen. Demain. S'il vous plaît, mettez-le dans le meilleur hôpital." En larmes, elle expliqua à son mari et à sa belle-mère que son père était dans un état très grave.

Le lendemain, Houda partait pour Beyrouth, d'où elle les appela chaque soir pour les rassurer sur la santé de son père. Un peu plus tard, elle leur confiait que tout danger était écarté et qu'il recouvrait peu à peu ses forces. Elle répétait à son mari combien il lui manquait. Et puis elle était également tombée sur un appartement à vendre, en bord de mer, à très bon prix. Au début, son mari avait bien affirmé qu'il n'investirait pas un seul dollar à Beyrouth mais elle avait su le convaincre à force de lui répéter que cela coûtait à peine plus cher que quelques soirées au restaurant à Londres ou qu'un collier en or, et qu'elle ne rentrerait pas, de toute façon, en laissant passer une telle affaire. Il avait fini par accepter et lui promettre de lui adresser un virement bancaire.

A peine rentrée, elle s'occupait à nouveau de sa mère qu'elle accompagnait dans les magasins, qu'elle incitait à acheter un manteau de fourrure (quelques jours plus tard, elle le laissait chez un retoucheur spécialisé qui demandait au moins la même somme pour prix de son travail) et à qui elle demandait conseil pour l'achat d'un nouveau service en argent.

Fier de sa mère et de son bon goût, fier de son argent, le mari se réjouissait de cette entente entre les deux femmes, tout en se demandant ce qu'ils feraient de leur ancienne argenterie. Sachant son épouse heureuse, et moins seule, il lui arrivait de rentrer plus tard. Même profondément endormie, sa femme l'embrassait toujours quand il se mettait au lit.

Ce changement notable dans la personnalité de Houda ne plaisait guère à la belle-mère. Sans doute accordait-elle une grande importance aux apparences mais elle se rendait compte que sa belle-fille dépensait son argent de manière inconsidérée. Elle avait remarqué également les marques d'étonnement, mêlé d'irritation, qui se peignaient sur le visage de nombre de visiteuses qui, à peine Houda sortie de la pièce pour chercher le café, s'efforçaient d'attirer son attention sur le changement de sa bru. On aurait dit qu'elle se comportait de manière artificielle, qu'elle agissait de la sorte non pas parce qu'elle le souhaitait vraiment mais parce qu'elle se conformait à un modèle. Surtout pour les leçons de danse qui l'absorbaient totalement.

La belle-mère prolongea son séjour, cédant aux injonctions de Houda qui ne voulait jamais la laisser repartir à Beyrouth et qui insistait pour l'avoir à ses côtés comme si c'était sa propre mère. Houda ne se formalisait pas, même quand l'autre, pensant rendre service, se mêlait de ses affaires personnelles. Elle hochait la tête en signe d'acquiescement, y compris lorsque les critiques dépassaient les bornes de l'acceptable, comme ce jour où elle se vit reprocher de fréquenter un club de sport et de se fatiguer, au détriment des devoirs conjugaux.

Malgré cela, Houda, invariablement souriante, continuait à tenir compagnie à sa belle-mère lors de ses sorties, à faire les magasins avec elle, à lui demander conseil pour l'achat d'un authentique tapis persan, à lui montrer ce si joli quartier où habitait la mère de la reine. Avec elle, elle cherchait une maison à vendre, décrivant à son mari, le soir, celle qu'elles avaient vue et qui avait tellement plu à sa mère, qui était tellement typique, qui avait tellement d'avantages... Juste ce qu'il fallait pour sa mère, pour eux deux, pour les enfants. Etonnée, la mère ouvrit la bouche pour demander si Houda était enceinte et si c'était pour cela qu'elle mettait tellement d'insistance à la faire rester. Mais Houda se contenta de rire et de lancer à son mari, qui lui reposait la même question alors qu'ils étaient tous les deux dans leur chambre : "Qui vivra verra !"

La maison fut achetée grâce à un prêt de la banque, l'acte signé au nom de l'épouse, à cause des impôts. Le comportement de Houda trahissait un changement notable. Comme la femelle du scorpion portant ses petits sur son dos, elle avançait pas à pas, à la recherche d'une proie ou d'un endroit bien chaud pour se terrer à l'abri.

Houda jette un dernier regard à sa chambre à coucher. Au dernier moment, elle décide d'ôter le couvre-lit qu'elle a brodé, à Beyrouth, pour la chambre qu'elle partagera avec celui qu'elle aime, celui qui l'aime et qui, au lieu de l'épouser, s'est engagé dans une des milices du quartier. Elle tire à elle le tissu, faisant rouler le monceau de seringues et de boîtes de médicaments vides, elle le fourre dans un sac et s'empresse de descendre les escaliers pour se retrouver dans la rue, là où l'attend le taxi noir. Dès qu'il l'aperçoit, le chauffeur descend de voiture et rentre dans l'immeuble pour l'aider à charger les valises et les cartons. Puis, comme d'habitude, elle referme la porte derrière elle en portant au bras son manteau de fourrure et le sac avec le couvre-lit. La voisine anglaise l'aborde, la félicite de constater un changement aussi notable dans sa ligne, dans sa manière de s'exprimer en anglais, de s'habiller… Houda lui sourit et poursuit son chemin.

Elle ne respire qu'une fois dans l'avion, en ouvrant son sac à main et en sortant la demande de divorce qu'a préparée l'avocat anglais, ainsi que les différents rapports médicaux. Elle regarde sa montre. Sa belle-mère doit être tout juste sortie de chez le coiffeur. Elle l'imagine rentrant à la maison, l'appelant, la cherchant dans toutes les pièces, finissant par entrer dans sa chambre à coucher. L'absence du couvre-lit doit certainement l'étonner, ainsi que le tas de seringues et d'emballages vides.

La vieille dame si curieuse va certainement se demander ce que fait tout cela sur le lit. Elle va trouver la feuille de papier, elle va la lire :

Mon chéri,

Devant toi il y a toutes les seringues, tous les médicaments qu'il a fallu que je prenne pour me débarrasser des microbes dont tu m'as fait cadeau, dont les prostituées m'ont fait cadeau.

Devant toi, tu trouveras aussi les boîtes de pilules que tu m'as inlassablement fournies, pour que cela se passe comme tu le voulais, toi.

Et puis tu trouveras aussi la facture.

INUTILE QUE LES HOMMES LE SACHENT…

Je n'avais pas besoin de regarder ma montre. Quand mon cœur se mettait à battre plus vite, je savais que c'était l'heure et qu'il me fallait me préparer. J'allais à la salle de bains où je murmurais un mot, une phrase, à l'intention de mon reflet dans le miroir.

L'eau tiède ruisselant sur mon corps faisait naître en moi une agréable sensation de bien-être. Pour me décider à refermer le robinet, il me fallait me souvenir du flacon de lotion dont le parfum arrivait jusqu'à moi et je me dépêchais alors de me sécher. Quelques poils sur mes cuisses ou mes jambes, comme des herbes dépassant de la surface d'un étang, m'arrêtaient un moment. Un instant, je pensais les arracher avec la pince à épiler avant de me raviser en me disant qu'on les voyait à peine. Je m'enduisais de lotion en prenant le temps de me masser tranquillement, de sentir la moindre parcelle de mon corps, de mes membres qui, s'ils avaient pu parler, auraient dit avec éloquence ce qu'ils ressentaient à ce moment-là, quelque chose entre l'amour et l'envie de jouir de cette sensation, pour soi-même. Je me tournais en tous sens. J'aurais voulu garder toute ma tête alors que j'étais déjà à ce qui se passerait dans l'intimité de cette chambre, ne plus me sentir perdue, partagée entre le souvenir des expériences passées, avec les séquelles qu'elles avaient laissées en moi et la peur que j'en avais conçu, et l'idée qu'il me fallait perdre l'habitude de me préparer ainsi, par crainte de me livrer à l'amour, comme si je descendais un escalier, à l'aveugle, sans la moindre canne pour me guider.

Mais il me fallait réprimer mon désir car, dès que je le voyais se lever pour m'accueillir, dès que j'entendais sa voix, dès que nous nous asseyions pour parler et que je voyais les mots quitter sa gorge pour se faufiler entre ses dents, entre ses lèvres, avec cette nuque que je devinais si tiède, je me mettais à trembler. Je ne voulais plus rien d'autre qu'être enlacée, prise. Mais je restais assise, prétendant ne rien savoir de ce qui m'arrivait, faisant la sourde à ce qu'il me disait, alors que les sons s'insinuaient dans mes oreilles pour atteindre mon cerveau qui leur ordonnait à son tour de gagner mes lèvres, ma nuque, ma poitrine, mon ventre, mon dos, plus bas encore, jusqu'à me laisser comme paralysée.

A chaque rencontre c'était la même chose, la même hésitation entre réserve et précipitation. Assise, je n'avais qu'une envie, me précipiter pour m'abandonner à la sensation qui s'était emparée de moi. Je me demandais s'il fallait rebrousser chemin ou aller de l'avant. Je restais sur mon siège, comme un petit oiseau perdu dans un buisson d'épines, qui craint de se blesser en faisant le moindre mouvement pour s'envoler. J'essayais de ne pas réprimer mon désir, d'aller de l'avant, certaine que les caresses seraient un prolongement à nos discours, parleraient mieux que tous les mots du monde. Je battais en retraite, devinant à sa manière d'être assis et de prendre mes mains entre les siennes, à la chaleur de ses paumes, à la forme de sa ceinture ou même encore à la couleur de ses chaussettes, à sa façon de porter son verre à ses lèvres, qu'il était heureux ainsi, juste à raconter des histoires et des nouvelles, à échanger des impressions.

Quand nous nous unissions, serrés l'un contre l'autre comme les bords d'une feuille repliée, quand j'effleurais de ma bouche sa nuque qui frémissait sous mes lèvres pour résonner tout au fond de moi, pour me faire trembler des pieds à la tête, je me mettais à frissonner, souhaitant qu'il se referme d'un seul coup sur moi, brindille desséchée en manque d'une étincelle alors qu'un filet d'eau rampe lentement vers elle...

Il me regardait, étonné de mon comportement, de voir que mes dents parfaitement rangées restaient hermétiquement closes plutôt que de lâcher trop vite l'aveu de mon désir.

Je mettais un disque, ultime préparatif, attendant que la musique fasse son effet. Puis je m'effondrais sur le lit, portant mon poignet à mon nez pour en sentir le parfum. Quelques instants plus tard, il était à côté de moi et je lui chuchotais à l'oreille des mots que mes caresses rendaient plus intelligibles encore. Je n'arrêtais qu'au moment où, parcourue d'un frisson, je lâchais un petit cri. J'accordais à mon corps un instant de répit avant de regarder ma montre et de me lever en me demandant si nous avions encore une demi-heure devant nous.

Alors, métro ou taxi pour rentrer ?

LES PLUMES DES ANGES…

“Ne prends pas cette cruche à long col pour tes ablutions ! Frotte-toi le visage au savon ordinaire ! Ne reste pas à contempler la lune ! Ne mets pas de Javel dans la lessive des draps ! N’élève pas la voix, contente-toi d’un murmure, surtout s’il y a un homme, même s’il se trouve dans la pièce d’à côté. Tu as quelque chose qui te gêne dans la gorge ? Tu veux pousser un soupir ? Va dans les toilettes ! N’oublie pas : trois mois et dix jours mais quatre mois c’est mieux, sans quitter la maison, nuit et jour, jour et nuit. Même si tu ne te sens pas bien, ne bouge pas. Si vraiment cela va mal, appelle-moi, j’irai avec toi. Et pas d’amies bien pomponnées ! Ne montre pas que tu apprécies quelque chose de bon. Ne va pas respirer le parfum d’une fleur ! Ne fais pas ci, ne…”

Chadia, tout habillée de noir, s’assit entre deux rangées de femmes en train de pousser des lamentations ou au contraire totalement silencieuses, en ne souhaitant qu’une chose, qu’on la laisse seule un instant. Son visage cireux observait tout ce qui se passait autour d’elle : les regards échangés, les dialogues muets entre femmes. Celles qui se lamentaient à grands cris appartenaient à la famille de son mari, mort dans un accident de voiture ; les autres étaient de sa famille à elle, ou bien faisaient partie de ses amies.

Elle aurait bien aimé être encore avec lui à l'hôpital, même s'il avait fini par lui glisser entre les doigts. Des jours heureux en y repensant maintenant. Elle était seule dans la chambre, elle restait assise à côté de lui, tout le jour et toute la nuit. Elle surveillait son visage, son corps, incapable de croire que tous deux ne communiquaient plus qu'en de rares instants, quand il esquissait un geste. Elle se levait aussitôt et se dirigeait vers ses pieds qu'elle se mettait à masser inlassablement. Elle prenait son visage entre ses mains et il lui adressait un signe d'un regard, d'un mouvement du front, d'un frémissement des ailes du nez, c'était difficile à savoir. Elle posait sa joue contre la sienne et elle sentait l'humidité de sa salive : essayait-il de l'embrasser ? Il marmottait quelque chose qu'elle ne comprenait pas et tournait les yeux vers elle, comme pour lui donner tout ce qu'il possédait encore. Parfois, il faisait sortir le bout de sa langue entre ses lèvres et elle se précipitait sur sa bouche pour l'embrasser. Elle le caressait avec sa chevelure, avec une mèche de ses cheveux sur laquelle elle refermait sa main, heureuse quand elle sentait la pression de ses doigts. Elle restait ainsi à ses côtés, pendant que les heures passaient, regardant les veines sur ses poignets, ses doigts crispés sur une poignée de cheveux noirs. A son grand désappointement, il retombait dans un profond sommeil mais elle se disait bien vite que ce repos l'aiderait peut-être à guérir. Elle ne quittait pas sa chaise, sauf quand une des infirmières venait lui apporter un peu de compagnie. Toutes s'extasiaient sur son courage et son dévouement.

Elle avait sa petite fille à côté d'elle maintenant, mais ce n'était pas une consolation. Un brouillard épais de paroles, de chuchotements, l'enveloppait. Elle aurait voulu s'enfuir en courant mais les murmures la poursuivaient sans pitié. Il n'était plus seulement question de cruche, de lune et de savon ordinaire cette fois :

"Allez, donnez-lui un peu de temps et elle reviendra à son vrai mari. Elle s'occupera de sa fille. Dieu tout-puissant s'est vengé..."

A ces mots, Chadia enfouit son visage entre ses mains. Pour qu'on ne vienne pas troubler son calme intérieur, elle pencha la tête, rentra en elle-même pour se retrouver seule, comme elle l'avait voulu. Elle s'abandonnait à son amour.

Elle tentait de retrouver son odeur, surtout celle qui se dégageait de sa nuque et de ses aisselles, celle de son corps avant de s'endormir, après la nuit, avant qu'il se rase, après, et pour finir le parfum du premier baiser. Elle prenait son temps, elle traînait en longueur, repoussait toujours le moment où elle devait fixer ses pensées sur un point précis, pour profiter de ces instants le plus longtemps possible, avant de se laisser aller aux sensations qu'elle retrouvait dans la fraîcheur de leur naissance, incomparablement nettes par rapport à d'autres moments de plaisir plus intenses. C'est sur de telles impressions qu'elle se concentrait, faisant abstraction de tout le reste : sa petite fille qu'elle avait dû abandonner, la terreur que celui qu'elle aimait prenne une épouse avant qu'elle-même ait pu fuir son mari, sa peur d'affronter les commentaires de la famille et des voisins. Quand elle le sentait à l'intérieur d'elle, elle comprenait alors qu'elle n'était venue au monde que pour cela, que pour cet homme. Elle fermait les yeux et s'abandonnait à cette sérénité qu'elle croyait avoir perdue à tout jamais.

Mais ils refusaient de la laisser tranquille, tout comme ils n'avaient cessé de la persécuter de leurs commentaires, de leurs lettres, de leurs menaces quand elle s'était enfuie avec lui. Leurs voix parvenaient jusqu'à elle. Elle avait l'impression d'être soumise à leur volonté, comme une pâte qu'on pétrit. C'étaient surtout les femmes de sa famille, parce que les autres pleuraient celui qu'elles avaient perdu, qui l'accusaient, elle, d'avoir suscité la vengeance du Créateur.

Sa tante aurait voulu qu'elle reprenne son premier prénom, Rachida – la sage –, parce l'autre, Chadia – celle qui chante –, était lié à cette époque révolue. D'ailleurs, c'était lui qui lui avait demandé de l'adopter. Il lui fallait être raisonnable désormais, ne pas faire ses ablutions avec cette cruche à long col si elle lui rappelait le souvenir de cet homme, qu'elle ne reste pas à contempler la lune puisque c'était le symbole de la beauté masculine...

Chadia continua résolument à fermer les yeux, à se perdre dans le souvenir de son odeur, de la façon dont elle se donnait, dont il se donnait, comment il touchait la moindre partie de son corps, même ses doigts de pied. Puis d'autres sensations l'assaillaient brusquement quand une voix se mettait à chuchoter un peu trop fort qu'elle serait bien obligée de retourner chez son ancien mari cette fois, immédiatement après la période de deuil qu'elle passerait chez son frère.

Alors, la mort lui apparut comme un don du ciel. Elle ferma les yeux et retint sa respiration en espérant étouffer. Elle comprima sa poitrine, comme pour en extraire le moindre souffle, en se disant qu'elle arriverait peut-être à se rompre le cœur. Au lieu de perdre conscience, elle fut un moment distraite par la vue de ses propres mains potelées : à sa détresse se mêlait à coup sûr un désir inassouvi qui la maintenait en aussi bonne santé, qui lui insufflait de l'énergie. Elle pensa à nouveau à la mort et elle le revit, froid, sans vie, comme s'il ne l'avait jamais connue. Elle fut brusquement tirée de ses pensées par sa tante qui l'obligeait à relever la tête et à écarter les bras pour prendre sa fille et la serrer contre elle.

— Ressaisis-toi ! C'est la volonté de Dieu. Poussière, tu retourneras à la poussière !

La tante poursuivit :

— Repens-toi ! Retrouve le droit chemin pour décevoir l'attente de celui qui prépare à ton attention les flammes de l'enfer ! Que souhaiter de mieux quand on a la foi ? Naturellement, les anges rayeront d'un trait de plume tout ce qui aurait pu être retenu contre toi si tu reviens à ton premier mari. Pour plus de sûreté, juste avant de t'endormir, tu regarderas le ciel – après ton deuil naturellement – jusqu'à ce que tu voies une étoile filante. A ce moment-là, ferme les yeux, récite la *chahada* et repens-toi. L'étoile entendra ton repentir et ira se venger du diable qui t'a poussée à commettre l'adultère. Repens-toi pour entrer au paradis et, comme l'a dit le Prophète, “voir le sol briller comme l'argent, comme la perle, comme le corail, et la terre faite de musc couverte de safran et d'arbres aux feuilles d'or et d'argent”.

Chadia ne bougea pas d'un cil durant ce discours. Elle continuait à défier la mort. Pourtant, une phrase parvint jusqu'à sa conscience et son cœur se remit à battre grâce à cette lueur d'espoir : "Au paradis, maris et femmes se retrouvent." Les mots s'échappèrent de sa bouche sans qu'elle ait eu le temps de les retenir :

— Au paradis, je retrouverai mon premier ou mon second mari ?

Cette question, née de sa peine et de sa douleur, frappa des oreilles qui n'avaient jamais entendu un aveu amoureux, pas même un mot gentil ou un air mélodieux ; elle alla mourir sur des lèvres qui ne s'étaient jamais refermées sur rien d'autre que l'âcreté de l'oignon, s'enfouir au creux de poitrines dont les cœurs n'avaient connu que peines et tourments. Méprisante, sa tante lâcha tout à trac, sans même se soucier de la présence des autres, comme si l'heure de la vengeance avait enfin sonné :

— Tu as vécu comme tu l'as voulu et à cause de toi nous avons dû supporter un scandale dont nous continuons à payer le prix. Si tu te repens, on en tirera au moins quelque chose. Mais tu ne penses qu'à être certaine de ce qui va se passer pour toi dans l'autre monde, traînée !

Elle marqua une pause pour éclater à nouveau :

— Ton premier mari bien sûr ! C'est lui que tu retrouveras dans l'autre monde !

Cette phrase fit son chemin dans l'esprit de Chadia. Elle avait entendu une femme affirmer que Dieu pouvait tout pardonner, sauf l'adultère. Elle plongea à nouveau en elle-même en fermant les yeux et en se remémorant tout ce qu'elle avait lu, jeune fille, sur les tourments de l'au-delà : "Des femmes pendues par les cheveux à l'arbre de Zaqoum, tandis qu'on verse sur elles de l'eau bouillante jusqu'à ce que leur chair parte en lambeaux, pour les punir d'avoir avalé des drogues pour tuer l'embryon qu'elles portaient dans leur ventre… Des femmes au visage brûlé et à la langue arrachée, pendant sur leur poitrine, parce qu'elles avaient demandé le divorce, sans raison aucune."

N'importe ! Chadia hocha la tête, pleine d'une tranquille résolution :

— Tant pis, tout cela m'est bien égal ! conclut-elle en chassant de sa tête deux images : le souvenir de son premier mari, au lit, et la vision de sa vie au paradis, à ses côtés.

QOUT AL-QOULOUB

Il y avait quelque chose de particulier dans la clarté que jetait la pleine lune sur le village de Kawkabane tant il était haut perché, à toucher les nuages. On aurait dit qu'il avait poussé tout seul sur le sommet de la montagne. Comment avait-on pu apporter jusque-là les pierres et l'argile, les morceaux de verre coloré ? Grâce aux chèvres, bondissant de rocher en rocher avec les matériaux de construction entre leurs dents ? Même pour elles, il fallait bien un sentier, une piste ! Comment ces gens que l'on voyait toujours vaquer pieds nus en avaient-ils été capables ? Et pourtant le village était bien là, gravé dans le roc de la montagne, arrondi tout autour du sommet. Il avait fallu passer un pacte avec les djinns pour bâtir en cet endroit des maisons totalement inaccessibles sauf pour ceux qui le voulaient vraiment. Chaque pierre avait été l'objet d'un soin particulier, pour sa forme, pour sa couleur, et l'ensemble donnait une impression unique de beauté.

La venue de la pleine lune remplissait les femmes de bonheur. A l'avance, elles se réjouissaient de tout ce qui les attendait en remplissant les lampes à pétrole en prévision des soirées passées à discuter et à se promener jusqu'à une heure avancée de la nuit, débarrassées de la crainte des scorpions et des serpents. Elles iraient dans les maisons écouter les chants en mâchant des boulettes de qat, dans les cours intérieures pour jouer du tambourin, tout à leur bonheur. Sauf Leïla qui répétait toujours : “A chaque nouvelle lune, je me dis que la vie est bien courte.” Et sauf celles qui pratiquaient la magie, parce que les rayons argentés faisaient échouer leurs incantations qu'elles reprenaient seulement quand la lune avait diminué ou quand elle était cachée, quand la nuit était redevenue assez obscure pour faire sécher à nouveau les amulettes couvertes de signes tracés en secret, ou pour enfouir dans la terre les serrures destinées à “ouvrir” la matrice des femmes stériles.

Seule Qout al-Qouloub ne partageait pas ce point de vue. Au contraire, elle affirmait qu'elle attendait cette période, la seule durant laquelle elle pouvait accomplir les rites les plus difficiles. Elle répétait sans cesse que les rayons argentés qui s'infiltraient partout, à travers les rideaux, les cloisons de bois, les vitraux, les murs de pierre même, avaient le pouvoir de la réveiller si elle était endormie, de la faire se mettre debout si elle était assise, de l'inciter à se mettre en marche si elle se tenait immobile, d'embrasser du regard non pas seulement les champs et les hauteurs environnantes mais le pays tout entier.

Pourtant, les autres femmes ne voulaient pas la croire. Ce n'était pas parce qu'elles la soupçonnaient d'exagérer car elles la savaient capable de percer les mystères, de connaître l'invisible, de préparer des potions pour une personne aimée ou au contraire détestée, de rédiger les formules pour retrouver un objet perdu, pour avoir de la chance, pour déjouer le mauvais sort, pour faire grossir les fruits et en chasser les fourmis, pour rendre amoureux, pour protéger du mauvais œil, surtout celui des belles-mères et des coépouses. Elle connaissait même des invocations pour protéger le dos des fardeaux trop lourds, pour faire pousser les cheveux, ou encore pour empêcher l'estomac de réclamer trop de nourriture. Sans oublier l'essentiel, les formules qui redonnaient de l'ardeur aux maris et les ramenaient dans le lit de leur épouse, ou encore celles qui poussaient les célibataires émigrés à l'étranger à rentrer pour prendre femme au pays.

Elles savaient bien quelle était l'étendue de son pouvoir sur les cœurs et les pensées. N'avait-elle pas failli tuer le mari de Raïfa, réduit à une paire d'yeux fiévreux et à un membre viril, totalement épuisé, à bout de souffle, comme un tuberculeux ? Cependant son épouse avait eu peur et, au lieu de faire avaler à son mari, avec le café, la décoction d'herbes dans laquelle elle avait mis à tremper les bouts de papiers couverts de signes mystérieux que Qout al-Qouloub avait tracés à l'encre rouge, elle avait préféré servir la mixture à sa chèvre, juste pour vérifier que ce n'était pas dangereux pour la santé. A partir de ce moment-là, l'animal s'était mis à suivre Raïfa partout où elle allait, à renifler le pan de sa robe et à se coller contre elle en l'appelant sans cesse pour attirer son attention, devenant comme fou si sa maîtresse se penchait en lui tournant le dos, ou bien si elle travaillait accroupie dans les champs. Raïfa en avait eu assez. Elle fuyait sa chèvre, elle jetait des graines de salade pour conjurer le sort, elle jurait de se tenir à carreau même si son mari la négligeait. Mais rien ne pouvait calmer les ardeurs de l'animal. Si bien que le mari, persuadé que la bête était malade et que c'était sa façon à elle de se plaindre et de réclamer un répit à ses souffrances, s'était chargé de l'abattre. En la dépeçant, il eut la surprise de constater qu'elle avait un cœur énorme.

Néanmoins, les femmes plaignaient Qout al-Qouloub qui, à trente ans passés, n'était toujours pas mariée. Elles savaient bien pourquoi elle avait commencé par refuser les propositions de nombreux prétendants. Elle était amoureuse d'un cousin, et elle en était aimée. Pourtant, à son retour de l'étranger, il avait épousé une jeune fille des environs et n'était plus jamais revenu à son village natal. Un jour que certaines se moquaient d'elle parce qu'elle avait raté le train et qu'elle était vouée à rester vieille fille, Qout al-Qouloub les avait invitées à observer les hommes qui, par dizaines, étaient venus la demander en mariage et se tenaient devant sa porte, obstinément close. Interrogée sur la raison d'une telle conduite, elle leur avait expliqué qu'elle ne voulait pas d'un homme ensorcelé : "S'il me prend dans ses bras, c'est parce que je l'aurai voulu. S'il me parle, s'il dort à côté de moi, pareil. Tout ce qu'il fera, ce sera parce que je l'aurai voulu, sauf peut-être aller aux toilettes !"

D'ailleurs, rien ne laissait deviner que Qout al-Qouloub souffrait de ne pas avoir de mari, bien au contraire, et elle aimait à répéter : "Je m'appelle Qout al-Qouloub, «celle qui nourrit les cœurs», pas celle qui donne à manger aux gosses ! A peine mariée, la femme n'a plus envie de plaire. Tout l'amour qu'elle a en elle, c'est juste pour faire des enfants. Et pour finir le dos brisé à force de trimer dans les champs ! Avec en plus le mari qui réclame, bien tranquille : «Mais où est le repas ? et mon qat ? Pourquoi ci ?

Comment ça ?» Il ne reste plus qu'à grappiller quelques minutes pour réussir à s'asseoir un moment et discuter avec les amies."

Sa chevelure était divisée en deux bandeaux d'un noir profond, sans la moindre trace de gris, même cachée par le henné. Elle portait un collier de corail autour du cou et, ce qui étonnait toujours, elle ne se montrait que sous son meilleur jour : un trait de khôl autour des yeux dont l'un était plus foncé que l'autre, un tour de tête fait d'un morceau de tissu qui brillait comme les étoiles. Son parfum, qu'elle allongeait d'eau de rose, était un extrait qu'elle avait acheté fort cher à l'occasion d'un voyage. La moindre fibre de ses vêtements semblait en être imprégné. Pour arriver à ce résultat, elle avait fabriqué une sorte de cage en bois qu'elle glissait sous sa robe après avoir disposé à l'intérieur, toute la nuit, un brûle-parfum.

Les femmes qui se rendaient chez elle, dès le lever du jour, s'étonnaient de la voir toujours aussi apprêtée. Elle leur expliquait qu'elle n'était pas seule mais qu'elle avait toujours de la visite, des personnes comme vous et moi, mais aussi des forces extérieures à qui elle n'aurait pas su donner un nom. Questionnée pour savoir s'il s'agissait de djinns, elle répondait qu'elle n'en savait rien : "Je leur parle et elles sont là. Elles me voient. Il faut donc que je sois toujours aussi belle que possible. Cela me donne plus de force, plus de confiance en moi."

La lune était pleine cette nuit-là. Les chiens hurlaient après elle, la poursuivaient à travers les montagnes tellement elle semblait proche, pareille à une galette de pain tout juste sortie du four, aussi ronde qu'un melon tranché en deux. La coutume voulait qu'au moment où la lune apparaissait tout entière dans le ciel, on embrasse son voisin ou sa voisine en faisant un vœu. Les femmes se congratulèrent donc les unes les autres, se souhaitant mutuellement toutes sortes de bonnes choses, à commencer par une récolte abondante. Elles se retrouvaient dans les ruelles du village, au détour d'un passage, sous les arcs des porches, tandis qu'elles se rendaient chez Batoul dont le mari avait été enterré, juste une semaine avant. Les plus âgées rappelèrent à celle qui venait d'être veuve qu'il fallait qu'elle s'abstienne de regarder la lune, parce que cela aurait pu distraire les anges chargés d'emporter l'âme de son mari vers le ciel. Cependant, les minutes passant, tout le monde oublia ce sage conseil et, sans plus penser à la veuve et à son chagrin, les femmes se laissaient aller à jeter des coups d'œil vers la lune et les étoiles qui versaient, par la fenêtre, une clarté envoûtante. Dans leurs robes de velours noir, ornées de broderies à la poitrine et serrées à la taille par des cordelettes dorées et argentées, elles profitaient de ce spectacle et s'abandonnaient à la fatigue de leurs corps exténués par une longue journée de travail aux champs.

Toutes les femmes du village se trouvaient là, sauf les plus jeunes qui, selon leur habitude, passaient la soirée à parler entre elles sur une terrasse ou bien en se promenant en contrebas du village, là où les rejoignaient leurs petites sœurs puis des bandes de chiens errants. On entendait alors des cris, des rires aussi, dont les échos, portés par le vent à travers le ciel limpide, arrivaient jusqu'à la pièce où se tenaient les femmes, chez Batoul.

Mais, ce soir-là, l'absence de Qout al-Qouloub se faisait particulièrement sentir. Elle était le clou de toute soirée, la perle qui donnait leur éclat à toutes les autres, sans laquelle le collier restait incomplet. Sa conversation était toujours intéressante, passionnante, même si l'on n'était pas forcément toujours d'accord avec ce qu'elle disait. La première, elle avait lu dans l'avenir et compris le jeu des Saoudiens qui, au fait des réserves de pétrole dans les montagnes et dans les plaines, avaient brandi un index menaçant à l'intention des compagnies pétrolières pour les empêcher de procéder à des forages au Yémen et conserver ainsi à leur service la main-d'œuvre fournie par les hommes du pays. De fait, cela se passait toujours ainsi. Les villages étalaient leur misère comme de vieux sacs plastique vides. On aurait dit qu'une guerre avait éclaté et que tous les hommes avaient été mobilisés. Il n'y avait plus personne dans les minuscules échoppes sombres, pareilles à des placards, car ils étaient tous partis travailler en Arabie Saoudite d'où ils revenaient, une fois l'an, directement de l'aéroport, dans des taxis collectifs chargés de postes de télévision, de vidéos, de couvertures. Le même manège se poursuivait des années durant, jusqu'à ce qu'ils soient épuisés et qu'il ne leur reste plus qu'à affronter la perspective de la vieillesse et de la mort. Alors, ils reprenaient pour la dernière fois le chemin de leurs villages, sans comprendre que leurs femmes avaient changé du tout au tout, que même leur façon de parler n'était plus la même, comme si elles avaient acquis un langage qui n'appartenait qu'à elles.

Qout al-Qouloub tardant à se joindre à la réunion organisée chez Batoul une semaine après l'enterrement de son mari, une femme sortit la chercher. Elle l'appela à haute voix depuis le bas de la maison, comme on avait coutume de le faire au village quand on voulait parler avec quelqu'un, lui adresser des reproches ou encore lui faire part d'une bonne ou d'une mauvaise nouvelle. Mais le temps passait et Qout al-Qouloub n'accourait toujours pas en s'excusant de ne pas avoir pu arriver plus tôt. La soirée était maintenant bien avancée et les femmes commençaient à être inquiètes. Une inquiétude teintée de curiosité à vrai dire, et même, pour certaines, d'un peu de jalousie dans la mesure où il fallait qu'il soit arrivé quelque chose d'exceptionnel pour que leur voisine n'ait pu les rejoindre. Sinon, cela viendrait s'ajouter à tout ce qu'on reprochait déjà à Qout al-Qouloub, à commencer par les voyages qu'il lui arrivait de faire, de temps à autre, et qui portaient atteinte à sa réputation car elle s'en allait seule pour revenir, épuisée, la tête ailleurs, irritable, s'enfermant chez elle pour écouter une musique étrange qu'elle rapportait avec elle.

Sans se concerter, les femmes rentrèrent ensemble, après avoir dit au revoir à Batoul. Sautant de pierre en pierre, elles arrivèrent devant la maison de Qout al-Qouloub, qu'éclairait seulement la lune. D'en bas, elles lui reprochèrent son absence avant de s'enhardir à frapper à sa porte et même à lancer de petits cailloux contre les fenêtres protégées par des volets. Personne ne réagissait à l'intérieur et elles répétèrent leur manège une fois, deux fois, trois fois, jusqu'à ce que la voix de Qout al-Qouloub parvienne à leurs oreilles pour leur demander de s'en aller. Elle travaillait et elle ne voulait pas être dérangée. "Tu te prends pour le gouverneur, peut-être ?"

lui demanda l'une d'entre elles, soulevant les rires des autres (dans un village voisin, les enfants devaient cesser de jouer ensemble à l'heure de la sieste quand le grand homme venait y passer son mois de vacances). Qout al-Qouloub apparut à la fenêtre et leur répondit à voix basse : "Mais vous avez donc oublié ? Vous voyez bien que c'est la pleine lune ! Laissez-moi tranquille. Venez demain matin et je vous promets de vous montrer quelque chose qui vous fera dresser les cheveux sur la tête !" Mais elles ne voulurent pas croire qu'elle était restée seule pour se livrer à sa magie. Elle n'avait dû se souvenir de la soirée chez Batoul qu'après avoir ôté sa parure de tête. Ou alors elle ne se trouvait pas assez belle, ce qui lui arrivait de temps à autre, surtout quand elle avait ses règles. Elle se plaignait alors d'être gonflée de partout, y compris des joues et des paupières.

Elles se remirent à crier et à rire, en lui rappelant l'histoire de Leïla et de la crotte de singe. Elles n'avaient pas oublié son cuisant échec à cette occasion. Leïla était malheureuse parce que son mari avait pris une seconde épouse, plus jeune et plus belle qu'elle, et Qout al-Qouloub lui avait demandé de lui apporter l'ingrédient en question pour faire en sorte que l'homme, en le voyant, soit dégoûté par sa nouvelle compagne qui lui apparaîtrait laide comme une guenon et aussi puante que ses excréments. Mais quand le mari était rentré chez lui, il s'était précipité pour prendre sa nouvelle épouse dans ses bras parce qu'elle était déjà enceinte, à peine un mois après leur mariage. Leïla avait pensé qu'il n'avait pas vu la crotte et elle l'avait déplacée pour qu'il ne puisse pas la manquer. De fait, il avait fini par la remarquer mais sa seule réaction avait été de se demander quel animal dans le village pouvait laisser cela derrière lui. Informée, Qout al-Qouloub avait refusé de reconnaître son échec, prétendant que Leïla ne lui avait pas donné les bons excréments. D'ailleurs, comment aurait-elle pu le faire alors qu'il y avait autant de singes dans le village que de neige en été ! Elle avait même traité Leïla de menteuse quand celle-ci lui avait affirmé qu'elle avait ramassé ce qu'elle lui avait demandé en profitant du passage des véhicules d'une mission médicale en route vers Taez. Une fois rendue là-bas, elle avait trouvé une bande de singes dans une cage, près de la porte du musée.

Qout al-Qouloub avait refusé d'écouter tous ceux qui étaient venus confirmer ce récit. Un jour, Leïla était revenue en personne, suivie par toutes les femmes du village, jeunes et vieilles, afin de lui annoncer qu'elle avait vendu tous ses bijoux en or pour s'acheter un singe. Qout al-Qouloub observa avec intérêt cet animal qu'elle découvrait pour la première fois. Examinant ses deux petits yeux tout noirs, elle murmura, comme pour elle-même, qu'elle comprenait maintenant pourquoi on leur attribuait un pouvoir magique. Quelques-unes se mirent à craindre qu'elle ne le réclame pour ses préparations secrètes mais elle demanda seulement de rester un moment seule avec l'animal. Elle sortit peu après en insistant auprès de Leïla pour qu'elle lui rapporte une crotte bien noire. Le mari restait toujours aussi amoureux de sa nouvelle épouse. Sans doute, il était assez étonné de trouver chez lui cette bête étrange, qui s'oubliait juste devant sa porte, mais, après tout, elle ne serait pas forcément mauvaise à manger. A chaque fois, Qout al-Qouloub trouvait que ce qu'on lui apportait n'était jamais de la bonne couleur et tout le village se mit en peine de donner aux excréments la teinte requise. En vain. Jusqu'à ce que les enfants vendent la mèche aux hommes du village, qui informèrent le mari, lequel devint fou furieux parce que sa femme avait vendu ses bijoux pour de la crotte de singe. Pour se venger, il jura de prendre une troisième épouse. Ce qu'il fit.

Les femmes criaient à nouveau et demandaient à Qout al-Qouloub de se montrer. De fait, son visage irrité apparut à la fenêtre pour leur reprocher de la déranger. Qu'elles s'en aillent et qu'elles la laissent finir ce qu'elle était en train d'essayer de faire en profitant de cette nuit exceptionnelle : elles verraient le résultat le lendemain, promis !

Spontanément, elles firent mine de s'en aller avant de revenir, comme ensorcelées, s'attrouper au bas de la maison au-dessus de laquelle la lune flottait dans le ciel. Elles étaient d'humeur folâtre cette nuit-là, même si elles étaient tristes pour Batoul qui venait de perdre son mari. En réalité, après cette visite de condoléances, elles avaient envie de remercier Dieu parce qu'elles n'avaient pas à pleurer, comme leur amie, un mari mort en Arabie Saoudite, dont il avait fallu ramener le corps jusqu'au village pour l'enterrement. Et le coût d'un tel transport était d'autant plus lourd pour la veuve qu'elle n'avait désormais d'autre revenu que celui des terres qu'elle cultivait. Elles se rendaient bien compte qu'elles avaient de la chance d'avoir encore leur mari qui, en plus, n'était pas là pour les embêter.

Elles restaient dehors, si bien éveillées que leurs yeux semblaient leur manger la figure.

Assises ou debout, elles ne pouvaient se résoudre à s'éloigner de la maison de Qout al-Qouloub, comme si elles étaient envoûtées par les vibrations particulières qu'envoyait cette nuit-là l'astre sur lequel l'homme avait, paraît-il, marché. (Quand on avait rapporté cette nouvelle, le cheik du village, depuis le minaret de la mosquée, avait appelé les habitants à égorger une vache pour réparer une telle offense.)

Elles auraient pu rester longtemps ainsi, sous le charme de cette nuit splendide et de la magie de Qout al-Qouloub, si elles n'avaient entendu un chevrotement. "On a même réussi à réveiller le bouc !" commenta Raïfa, avant d'entonner un chant improvisé.

Viens mon chéri, viens voir
J'ai du qat rien que pour toi
Donne au petit oiseau, pour voir
Un bouc cornu deviendra.

Machinalement, elles cherchèrent des yeux le bouc en question pour voir sa réaction. C'est à ce moment-là qu'elles se rendirent compte que l'animal n'était pas à sa place habituelle. Elles firent le tour de la maison et se dirent que sa propriétaire avait dû oublier de l'attacher. Maintenant, il devait errer, seul, dans les montagnes. Elles auraient même pu s'inquiéter un peu de son sort si Raïfa ne les avait fait éclater de rire en mimant l'animal sautant en l'air pour échapper aux chiens errants acharnés sur son arrière-train, comme cela était déjà arrivé à l'âne de Wajiha. C'est encore Raïfa qui appela Qout al-Qouloub pour lui annoncer la fuite de l'animal lequel se chargea de répondre à la place de sa maîtresse. Sans hésitation possible, le chevrotement provenait de l'intérieur de la maison. Sur le coup, les femmes ne pouvaient en croire ni leurs oreilles, ni leurs yeux. Raïfa s'obstinant à l'appeler, Qout al-Qouloub finit par crier : "Vous voulez bien me croire maintenant ? Le bouc est avec moi. Vous voyez bien que je suis au travail !"

Elles s'en retournèrent chez elles et s'endormirent à peine la tête posée sur les coussins des banquettes, trop fatiguées pour se donner la peine de dérouler leur matelas pour la nuit. Le lendemain, comme à l'accoutumée, elles firent cuire le pain dans le four, allèrent traire les brebis et ramasser les œufs dans le poulailler, préparèrent le café parfumé au gingembre avant de descendre aux champs, au fond de la vallée, là où poussaient les noyers, le qat, le blé, le fenugrec et les légumes. Quand elles rencontrèrent Qout al-Qouloub qui faisait boire son bouc près de la mare, elles lui demandèrent où elle l'avait retrouvé, lui faisant comprendre ainsi qu'elles ne croyaient pas un mot de ce qu'elle leur avait affirmé la veille. De son côté, Qout al-Qouloub préféra ne pas relever le sous-entendu. Elle se contentait de caresser l'encolure de son bouc et de passer la main le long de ses cornes, tout en époussetant quelques traces de boue et en chassant les mouches qui tournaient autour de ses yeux. Sans prêter la moindre attention a son manège, les femmes cherchèrent à percer ce mystère et demandèrent à Qout al-Qouloub pourquoi elle ne s'était pas rendue chez Batoul. Pour toute réponse, elle se contenta de lancer un rire sonore, la tête renversée en arrière, montrant toutes ses dents et même le fond de sa bouche. Puis elle se mit à leur vanter les mérites du clair de lune mais les autres l'écoutaient avec ennui et finirent par se diriger vers leurs champs, comme si le sujet n'avait plus d'intérêt pour elles après ce qui s'était passé la veille. Elles travaillèrent sans relâche, sous le soleil brûlant, chantant en chœur pour se donner du courage ou écoutant l'une d'entre elles. Pour rompre la monotonie du travail, elles parlaient aux bêtes qui les accompagnaient dans les champs, puis relevaient la tête pour examiner le soleil ou les nuages dans le ciel, ou encore pour jeter un coup d'œil rapide sur ce que les autres avaient ramassé, en marmottant une invocation contre les mauvais sorts que pourrait leur jeter une envieuse.

Cette nuit-là, le bouc de Qout al-Qouloub disparut à nouveau, tandis que sa propriétaire restait cloîtrée chez elle. On aurait pu oublier cet incident si l'animal n'avait réapparu, le lendemain, entièrement teint au henné. Leïla, qui l'avait regardé attentivement, affirma aux autres qu'il n'avait plus le même regard. Aucune d'entre elles ne se hasarda à poser une question, ni même à faire le moindre commentaire. Seulement, quand il leur arrivait de croiser Qout al-Qouloub dans le village, elles multipliaient les invocations. D'ailleurs, cela faisait longtemps qu'elles recommandaient à leurs enfants d'agir ainsi.

Quand le bouc disparut pour la troisième nuit de suite, les femmes, qui craignaient de faire trop de bruit si elles étaient venues toutes ensemble, envoyèrent Leïla et Raïfa chez Qout al-Qouloub à nouveau enfermée chez elle. Elles vérifièrent que l'animal n'était pas là, en prenant garde à leurs mouvements et en s'efforçant même de contenir leur respiration. Un long moment elles restèrent collées contre le mur extérieur de la maison, sans bouger d'un cheveu. Elles finirent par entendre un bruit, comme si le bouc grattait le sol du sabot, à l'intérieur. Quelques minutes passèrent. Raïfa jeta vers Leïla un regard suppliant. L'autre ne réagissant pas, elle l'exhorta, d'un mouvement de tête, à déguerpir mais Leïla refusa d'un signe et fit une grimace comme pour la prier de patienter encore un peu. Tout à coup, le silence absolu fut rompu par un raclement de gorge. Le cœur des deux femmes s'arrêta de battre. Ce n'était pas la voix d'une femme, encore moins celle d'un bouc ou d'un autre animal. Un fantôme ? "Allez mon vieux, bonne chance !" prononça la voix de Qout al-Qouloub. Les deux femmes eurent un sursaut d'horreur : jamais elle ne se serait adressée à un esprit aussi familièrement. Toutes sortes de pensées, de questions, se bousculaient dans leur tête et, sans se concerter, elles partirent en courant rejoindre les autres femmes pour s'assurer auprès d'elles qu'elles n'avaient pas perdu la raison... Le récit de la scène à laquelle elles avaient assisté en imaginant des scénarios à partir de ce qu'elles avaient entendu, un peu comme une chauve-souris arrive à se représenter sa proie grâce à l'écho des ondes qu'elle envoie vers elle, fit grande impression.

Qout al-Qouloub avait dû ensorceler l'homme qui avait refusé de l'épouser et le transformer en bouc. N'avait-elle pas juré, le jour où on lui avait appris la nouvelle de sa trahison, de se venger, tôt ou tard ? Ou alors c'était le bouc à qui elle avait donné une forme humaine, celle de son bien-aimé ? Non, en fait, c'était celui-ci qu'elle avait métamorphosé en bouc avant de lui pardonner et de lui rendre sa forme première... Ou alors cela faisait plusieurs jours qu'elle tentait cette expérience qui avait abouti cette nuit-là. Mais peut-être que tout n'était pas fini ? Est-ce qu'on ne racontait pas au village l'histoire de cette femme qui avait changé son amant en âne, mais qui lui redonnait forme humaine durant la nuit, tout cela pour échapper aux médisances de sa famille parce qu'il venait d'une autre tribu ?

C'était la seule explication possible. Si ce qu'elles avaient entendu était bien la voix d'un homme, par quelle magie Qout al-Qouloub avait-elle pu en trouver un dans le village ? Dans une des tombes du cimetière ? Sur un des portraits accrochés à la place d'honneur dans les maisons ? En se servant des vêtements de rechange que les hommes laissaient accrochés à un clou avant de se rendre à l'étranger dans leur meilleure tenue ? En récupérant une des voix enregistrées sur les cassettes qu'ils envoyaient à leur famille faute de savoir écrire ? (Et de toute façon les femmes ne savaient pas lire !) Il n'y avait plus trace d'un seul homme dans le village, sinon dans les souvenirs : était-ce suffisant pour créer un être en chair et en os ?

Après avoir décampé sans demander leur reste, les deux femmes se remettaient progressivement de leur choc. La peur était maintenant plus forte que leur curiosité et elles répétaient machinalement des formules pour se protéger du mauvais sort avant de se rendre compte avec horreur que c'était justement Qout al-Qouloub qui les leur avait apprises.

Tout le monde donnait son avis. On se serait cru devant un étal de pastèques au milieu des clients échangeant commentaire sur commentaire pour deviner si la chair des fruits, dessous l'écorce verte, était bien rouge et mûre à point. La fille de Leïla leur rappela ainsi que Qout al-Qouloub avait voulu leur confier quelque chose quand elles l'avaient croisée avec son bouc, qu'elle avait commencé à parler du clair de lune argenté et de ses pouvoirs extraordinaires mais qu'elles n'avaient pas voulu entendre la suite. Les femmes l'écoutèrent un moment avant de retourner à leurs conciliabules angoissés, regrettant qu'il n'y eût pas un seul homme au village, frère ou mari, pour leur dire quelle décision prendre, comme elles avaient coutume de le faire chaque fois qu'une maladie grave frappait un enfant ou un animal, ou quand les pièges contre les oiseaux qui dévastaient les cultures s'avéraient inefficaces. Au lieu d'avoir le ciel et les nuages pour tout voisinage, elles auraient bien voulu être proches d'un autre village pour demander secours à un homme de religion. Si elles se trouvaient à la merci d'une sorcière, n'était-ce pas parce que la mosquée était vide, et le minaret sans muezzin ? Mais c'était également la situation de leur village qui faisait que le clair de lune y était plus puissant que partout ailleurs. Un moment, elles pensèrent se protéger des rayons mais elles écartèrent bien vite cette idée de peur que la lune, vexée, ne disparût. Mais, en réalité, ces discussions n'avaient qu'un seul but : apaiser au moins momentanément leur envie de savoir ce qui se passait vraiment chez Qout al-Qouloub.

Elles se faufilèrent en file indienne, comme une colonne de fourmis, le visage caché derrière leur voile noir. Elles avaient relevé les pans de leurs longues robes noires pour ne pas être gênées dans leur marche et l'on voyait leurs pieds qui portaient encore, presque effacées, les traces laissées par le henné. Elles passèrent sous la grande porte à l'entrée du village, firent un détour pour emprunter un chemin caillouteux d'où Qout al-Qouloub ne pourrait les voir si les chiens venaient à aboyer. Elles contournèrent la mare où les mousses prenaient, sous la lumière de la lune, toutes sortes de formes étranges. Elles se regroupèrent au pied de la maison, enroulée autour d'un rocher en haut du village comme un cocon sur sa branche. Avec leur encadrement de chaux, les fenêtres ressemblaient à de gros yeux scrutant les ténèbres aux alentours.

La porte hermétiquement fermée, les ouvertures percées tout en haut des murs avaient de quoi les décourager mais une lampe s'éclaira tout à coup à une fenêtre. Découvrant le sac vide qui servait à donner à manger au bouc, sans la moindre trace de l'animal à côté, toutes brûlaient du désir de savoir ce qui se passait à l'intérieur des murs.

Chacune imaginait la scène à sa façon : une peau de bouc jetée sur le sol avec le bien-aimé de Qout al-Qouloub, en chair et en os, lui baisant les pieds et implorant son pardon ; un monstre à tête d'homme et au corps de bouc, ou bien au contraire un animal avec un visage humain qui suppliait la sorcière d'être rendu à son état premier pour être délivré de ses maléfices, les siens et ceux du reste des humains, ses semblables.

Au comble de l'excitation, incapables de résister à la curosité qui les dévorait, elles hissèrent Raïfa sur leurs épaules pour lui permettre d'atteindre la fenêtre. Elle vit la lampe allumée, même si les rayons de lune éclairaient en réalité la pièce comme en plein jour. Elle put ainsi distinguer Qout al-Qouloub, les cheveux dénoués, allongée, pratiquement nue, aux côtés de l'homme qui avait rapporté au village, à Batoul, la dépouille de son mari.

LE PAYS DU SOLEIL

Comme un grand oiseau abattu en plein vol, la voiture fit plusieurs tours sur elle-même avant de s'immobiliser. De loin, on aurait dit un mirage surgi dans cette immensité si vaste que le regard ne pouvait l'embrasser.

Surgi d'une sorte de point coloré, un jeune homme se précipita droit vers cette chose verte. Enfin un événement dans cet univers parfaitement figé, où il n'y avait rien d'autre que les rayons du soleil brûlant le sable, chaque jour, inlassablement, avec l'éclat intense des mirages, le souffle du vent et le froid glacial de la nuit !

Cette sorte de point coloré, c'était une tente dressée dans la nudité du désert où rien ne venait troubler la paisible succession des jours, hormis peut être les restes de rares rêves importuns, souvent liés à des crises de découragement, quand les serpents et les lézards attrapés après une longue traque avaient réussi à s'échapper.

Dans cette sorte de point coloré vivait un groupe d'hommes payés pour errer sans cesse dans ce désert, à en perdre tout repère, à la recherche des animaux de prix qui subsistaient encore parmi les étendues de sable.

Jasim arriva le premier jusqu'à la masse verte disloquée qui bougeait encore en tous sens après le choc, avec une plainte douloureuse. Un peu plus loin, un chameau renversé soulevait le sable de ses pattes comme une tornade en faisant un vacarme qui couvrait le bruit du filet de liquide s'écoulant de la voiture, ainsi que des plaintes irrégulières et étouffées.

Jasim aurait pu rester longtemps, comme frappé par la foudre, devant la carcasse qui ressemblait à présent à une sorte d'énorme lézard d'un genre inconnu, mais il prêta tout à coup attention aux gémissements. En prenant garde aux éclats de verre, il s'empressa de sortir un des passagers en le tirant énergiquement par la fenêtre de la voiture, bien trop étroite pour laisser passer facilement le corps.

A ce moment-là, un autre homme, qui l'avait suivi en courant, arriva à son tour. Tous les deux, ils retournèrent la voiture pour la remettre à peu près dans sa position normale, ouvrirent la portière complètement tordue et découvrirent une femme sur la banquette arrière. Elle gémissait faiblement et ses vêtements, à moitié arrachés, laissaient apercevoir ses membres disloqués, ainsi qu'une partie de son ventre. Sa chevelure masquait son visage et une de ses mains, mais on pouvait distinguer ses boucles d'oreilles dorées.

Jasim regarda son collègue et, sans mot dire, ils choisirent de faire comme s'ils n'avaient rien vu. Ils entreprirent de sortir le cadavre du chauffeur, se surveillant l'un l'autre quand ils ne pouvaient se retenir de jeter un coup d'œil à la dérobée vers la femme et son ventre nu. Ils dégagèrent aussi un enfant qui devait se trouver à côté de la femme et dont la tête, sous le choc, s'était fracassée contre la portière en laissant des traces de matière blanchâtre contre la vitre.

Pour finir, les occupants de la voiture furent allongés sur le sable brûlant, sous les rayons ardents qui accélérèrent l'hémorragie et rendirent leur mort encore plus certaine. Dans le silence, maintenant que le chameau avait cessé de se débattre, les plaintes de la femme continuaient à s'échapper de la carcasse, plus nettes que jamais.

Immobiles, les deux jeunes gens se regardèrent. Sans se concerter, ils décidèrent de ne pas bouger, sauf pour s'écarter du liquide qui s'écoulait plus violemment des entrailles de la voiture. Ils s'éloignaient, toujours un peu plus, chaque fois que la nappe humide menaçait de les atteindre.

Tout à coup Jasim s'avança résolument vers la voiture. Il y entra la moitié du corps, les bras en avant, afin de tirer à lui la femme. Mais son regard se fixa à nouveau sur le ventre nu, sur le doré de la peau avec son duvet de poils autour du nombril. Jamais il n'avait connu cela. En fait, il n'avait jamais vu de femme autrement que dissimulée sous des mètres de tissu, depuis la racine des cheveux jusqu'à la plante des pieds teints au henné, avec seulement deux yeux, pareils à deux insectes prisonniers derrière la grille du tissu ajouré.

Il battit en retraite et s'éloigna de la voiture. Puis, comme si une douleur venait brusquement de lui pincer le cœur, il frappa du poing dans le creux de sa main tellement il s'en voulait. Il tourna vers son collègue un regard où l'on pouvait lire à la fois de l'hésitation et de l'impuissance. Il continua à le regarder, mais cette fois-ci comme pour le supplier de l'aider, pour qu'il ait le courage de bouger, de l'aider à dégager la femme.

Ils n'eurent pas à rester longtemps ainsi, debout, immobiles et silencieux. Le liquide, qui dégageait une odeur de plus en plus forte, ne leur laissa pas la possibilité de se poser davantage de questions. Il s'enflamma spontanément et, en un clin d'œil, la carcasse de la voiture n'était plus qu'un mirage dans le désert, se consumant dans sa propre aridité.

La chaleur du brasier avait d'abord repoussé les deux jeunes gens qui s'activèrent ensuite de toutes leurs forces pour traîner les corps des victimes à l'écart, essayant de ne pas voir, ni d'entendre, celle que les flammes avaient atteinte.

Longtemps, la main de Jasim devait garder le souvenir du ventre de cette femme, de la douceur de sa peau.

TABLE

BABEL

Extrait du catalogue

271. BAPSI SIDHWA
La Fiancée pakistanaise

272. JEAN-PIERRE VERHEGGEN
Le Degré Zorro de l'écriture

273. JOHN STEINBECK
Voyage avec Charley

274. NINA BERBEROVA
La Souveraine

275. JOSEPH PÉRIGOT
Le Dernier des grands romantiques

276. FRÉDÉRIC H. FAJARDIE
Gentil, Faty !

277. FÉDOR DOSTOÏEVSKI
L'Eternel Mari

278. COMTESSE DE SÉGUR
Les Malheurs de Sophie / Les Petites Filles modèles / Les Vacances

279. HENRY BAUCHAU
Diotime et les lions

280. ALICE FERNEY
L'Elégance des veuves

281. MICHÈLE LESBRE
Une simple chute

282. JEAN-PIERRE BASTID
La Tendresse du loup

283. ADRIEN DE GERLACHE DE GOMERY
Quinze mois dans l'Antarctique

284. MICHEL TREMBLAY
Des nouvelles d'Edouard

285. FRANZ KAFKA
La Métamorphose et autres récits (vol. I)

286. JEAN-MICHEL RIBES
Monologues, bilogues, trilogues

287. JACQUES LEENHARDT / ROBERT PICHT
Au jardin des malentendus

288. GEORGES-OLIVIER CHÂTEAUREYNAUD
Le Kiosque et le tilleul

289. JACQUES DE VITRY
Vie de Marie d'Oignies

290. ELISABETH K. PORETSKI
Les Nôtres

291. ÉDOUARD AL-KHARRAT
Alexandrie, terre de safran

292. THOMAS HOBBES
De la nature humaine

293. MIKHAÏL BOULGAKOV
Ecrits autobiographiques

294. RUSSELL BANKS
De beaux lendemains

295. RENÉ GOSCINNY
Tous les visiteurs à terre

296. IBRAHIMA LY
Toiles d'araignées

297. FRANÇOIS PARTANT
La Fin du développement

298. HENRI HEINE
Mais qu'est-ce que la musique ?

299. JULES VERNE
Le Château des Carpathes

300. ALPHONSE DAUDET
Les Femmes d'artistes

301. FRÉDÉRIC JACQUES TEMPLE
Les Eaux mortes

302. FRIEDRICH NIETZSCHE
Vérité et mensonge au sens extra-moral

303. INTERNATIONALE DE L'IMAGINAIRE N° 8
Le Corps tabou

304. NANCY HUSTON
Instruments des ténèbres

305. FÉDOR DOSTOÏEVSKI
L'Adolescent (vol. 1)

306. FÉDOR DOSTOÏEVSKI
L'Adolescent (vol. 2)

307. GÉRARD DELTEIL
Schizo

308. VIVANT DENON / ABDEL RAHMAN EL-GABARTI
Sur l'expédition de Bonaparte en Egypte

309. JEAN-JACQUES ROUSSEAU /
MADAME DE LA TOUR
Correspondance

310. MAN RAY
Autoportrait

311. ROBERT BELLERET
Léo Ferré, une vie d'artiste

312. MAXIME VUILLAUME
Mes cahiers rouges

313. HELLA S. HAASSE
Les Routes de l'imaginaire

314. JEAN-CLAUDE GRUMBERG
Dreyfus / L'Atelier / Zone libre

315. DENIS DIDEROT
Pensées philosophiques

316. LUIS MARTIN-SANTOS
Les Demeures du silence

317. HUBERT NYSSEN
La Femme du botaniste

318. JEAN-FRANÇOIS VILAR
Bastille tango

319. SÉBASTIEN LAPAQUE
Les Barricades mystérieuses

320. ALAIN GHEERBRANT
La Transversale

321. THIERRY JONQUET
Du passé faisons table rase

322. CLAUDE PUJADE-RENAUD
La Nuit la neige

323. *
Mai 68 à l'usage des moins de vingt ans

324. FITZ-JAMES O'BRIEN
Qu'était-ce ?

325. ÉLISÉE RECLUS
Histoire d'une montagne

326. *
Dame Merveille et autres contes d'Egypte

327. ROMAN DE BAÏBARS / 1
Les Enfances de Baïbars

328. ROMAN DE BAÏBARS / 2
Fleur des Truands

329. ROMAN DE BAÏBARS / 3
Les Bas-Fonds du Caire

330. ROMAN DE BAÏBARS / 4
La Chevauchée des fils d'Ismaïl

331. JACQUES POULIN
Volkswagen Blues

332. MIRABEAU
Lettres écrites du donjon de Vincennes

333. CHEVALIER DE BOUFFLERS
Lettres d'Afrique à Mme de Sabran

334. FRANÇOISE MORVAN
Vie et mœurs des lutins bretons

335. FRÉDÉRIC VITOUX
Il me semble désormais que Roger est en Italie

336. JEAN-PIERRE NAUGRETTE
Le Crime étrange de Mr Hyde

337. NADAR
Quand j'étais photographe

338. NANCY HUSTON
Histoire d'Omaya

339. GÉRARD DE CORTANZE
Giuliana

340. GÉRARD GUÉGAN
Technicolor

341. CHARLES BERTIN
La Petite Dame en son jardin de Bruges

342. INTERNATIONALE DE L'IMAGINAIRE N° 9
Deux millénaires et après

343. NINA BERBEROVA
Le Livre du bonheur

344. PÄLDÈN GYATSO
Le Feu sous la neige

345. FÉDOR DOSTOÏEVSKI
Le Double

346. FRÉDÉRIC H. FAJARDIE
Querelleur

347. ANNE SECRET
La Mort à Lubeck

348. RUSSELL BANKS
Trailerpark

349. ZOÉ VALDÉS
La Sous-Développée

350. TORGNY LINDGREN
La Lumière

351. YÔKO OGAWA
La Piscine / Les Abeilles / La Grossesse

352. FRANZ KAFKA
A la colonie disciplinaire et autres récits (vol. II)

353. YING CHEN
Les Lettres chinoises

354. ÉLISE TURCOTTE
Le Bruit des choses vivantes

355. ALBERTO MANGUEL
Dernières nouvelles d'une terre abandonnée

356. MIKA ETCHEBÉHÈRE
Ma guerre d'Espagne à moi

357. *
Les Cyniques grecs : Lettres de Diogène et Cratès

358. BERNARD MANDEVILLE
Recherche sur la nature de la société

359. RENCONTRES D'AVERROÈS
La Méditerranée entre la raison et la foi

360. MICHEL VINAVER
King *suivi de* Les Huissiers

361. ZOÉ VALDÉS
La Douleur du dollar

362. HENRY BAUCHAU
Antigone

363. NANCY HUSTON
Tombeau de Romain Gary

364. THÉODORE MONOD
Terre et ciel

365. FÉDOR DOSTOÏEVSKI
Les Carnets de la maison morte

366. FREDERIC PROKOSCH
Le Manège d'ombres

367. MICHÈLE LESBRE
Que la nuit demeure

368. LEIBNIZ
Réfutation inédite de Spinoza

369. MICHEL TREMBLAY
Le Premier Quartier de la lune

370. JACQUES POULIN
Jimmy

371. DON DELILLO
Bruit de fond

372. GUSTAV REGLER
Le Glaive et le Fourreau

373. INTERNATIONALE DE L'IMAGINAIRE N° 10
Nous et les autres

374. NAGUIB MAHFOUZ
Récits de notre quartier

375. FRANCIS ZAMPONI
Mon colonel

376. THIERRY JONQUET
Comedia

377. GUY DARDEL
Un traître chez les totos

378. HANAN EL-CHEIKH
Histoire de Zahra

379. PAUL AUSTER
Le Diable par la queue *suivi de* Pourquoi écrire ?

380. SIRI HUSTVEDT
L'Envoûtement de Lily Dahl

381. SAND ET MUSSET
Le Roman de Venise

382. CHARLES BERTIN
Les Jardins du désert

383. GEORGES-OLIVIER CHÂTEAUREYNAUD
Le Héros blessé au bras

384. HENRY BAUCHAU
Les Vallées du bonheur profond

385. YVES DELANGE
Fabre, l'homme qui aimait les insectes

386. YING CHEN
L'Ingratitude

387. INTERNATIONALE DE L'IMAGINAIRE N° 11
Les Musiques du monde en question

388. NANCY HUSTON
Trois fois septembre

389. CLAUDE PUJADE-RENAUD
Un si joli petit livre

390. JEAN-PAUL GOUX
Les Jardins de Morgante

391. THÉODORE MONOD
L'Emeraude des Garamantes

392. COLLECTIF
Triomphe de Dionysos

393. B. TRAVEN
Dans l'Etat le plus libre du monde

394. NORBERT ROULAND
Les Lauriers de cendre

395. JEAN-MICHEL RIBES
Palace

396. ZOÉ VALDÉS
Café Nostalgia

397. FRANÇOISE MORVAN
La Douce Vie des fées des eaux

398. BERNARD ASSINIWI
La Saga des Béothuks

399. MICHEL TREMBLAY
Les Vues animées

400. FÉDOR DOSTOÏEVSKI
Le Rêve de l'oncle

401. ANDRÉ THIRION
Révolutionnaires sans Révolution

402. GÉRARD DE CORTANZE
Les enfants s'ennuient le dimanche

403. RENCONTRES D'AVERROÈS
La Méditerranée, frontières et passages

404. RUSSELL BANKS
Affliction

405. HERBJØRG WASSMO
La Véranda aveugle

406. DENIS LACHAUD
J'apprends l'allemand

407. FÉDOR DOSTOÏEVSKI
Nétotchka Nezvanova

408. REZVANI
Le Vol du feu

409. JEAN-JACQUES ROUSSEAU
L'Etat de guerre

410. SERGE QUADRUPPANI
Colchiques dans les prés

411. JEAN-PAUL JODY
Stringer

412. FRANCINE NOËL
Nous avons tous découvert l'Amérique

413. DAVID HOMEL
Il pleut des rats

414. JACQUES POULIN
Chat sauvage

415. MICHEL TREMBLAY
La Nuit des princes charmants

416. ALBERTO MANGUEL
Une histoire de la lecture

417. DANIEL ZIMMERMANN
Les Virginités

418. CAMILO CASTELO BRANCO
Amour de perdition

419. NIKOLAJ FROBENIUS
Le Valet de Sade

420. DON DELILLO
Americana

421. GÉRARD DELTEIL
Dernier tango à Buenos Aires

422. FRANCIS ZAMPONI
In nomine patris

423. INTERNATIONALE DE L'IMAGINAIRE N° 12
Jean Duvignaud

424. INTERNATIONALE DE L'IMAGINAIRE N° 13
Jeux de dieux, jeux de rois

425. CLAUDE PUJADE-RENAUD
Le Sas de l'absence *précédé de* La Ventriloque

426. MICHEL LIS
Le Jardin sur la table

427. MICHEL LIS ET PAUL VINCENT
La Cuisine des bois et des champs

428. FÉDOR DOSTOÏEVSKI
Le Crocodile

429. FÉDOR DOSTOÏEVSKI
Le Petit Héros

430. FÉDOR DOSTOÏEVSKI
Un cœur faible

431. NANCY HUSTON
L'Empreinte de l'ange

432. HELLA S. HAASSE
La Source cachée

433. HERBJØRG WASSMO
La Chambre silencieuse

434. FRANÇOISE LEFÈVRE
La Grosse

435. HUBERT NYSSEN
Le Nom de l'arbre

436. ANTON TCHEKHOV
Ivanov

437. ANTON TCHEKHOV
Pièces en un acte
(à paraître)

438. GÉRARD DE CORTANZE
Les Vice-Rois

439. ALICE FERNEY
Grâce et dénuement

440. ANNE-MARIE GARAT
L'Insomniaque

441. FÉDOR DOSTOÏEVSKI
Humiliés et offensés

442. YÔKO OGAWA
L'Annulaire

443. MENYHÉRT LAKATOS
Couleur de fumée

444. ROGER PANNEQUIN
Ami si tu tombes

445. NICOLE VRAY
Monsieur Monod

446. MICHEL VINAVER
Ecritures dramatiques

447. JEAN-CLAUDE GRUMBERG
La nuit tous les chats sont gris

448. VASLAV NIJINSKI
Cahiers

449. PER OLOV ENQUIST
L'Extradition des Baltes

450. ODILE GODARD
La Cuisine d'amour

451. MARTINE BARTOLOMEI / JACQUES KERMOAL
La Mafia se met à table

452. AMADOU HAMPÂTÉ BÂ
Sur les traces d'Amkoullel l'enfant peul

453. HANS-PETER MARTIN / HARALD SCHUMANN
Le Piège de la mondialisation

454. JOSIANE BALASKO *et alii*
Le père Noël est une ordure

455. FÉDOR DOSTOÏEVSKI
Premières miniatures

456. FÉDOR DOSTOÏEVSKI
Dernières miniatures

457. CH'OE YUN
Là-bas, sans bruit, tombe un pétale

458. REINALDO ARENAS
Avant la nuit

459. W. G. SEBALD
Les Emigrants

460. PAUL AUSTER
Tombouctou

461. DON DELILLO
Libra

462. ANNE BRAGANCE
Clichy sur Pacifique

463. NAGUIB MAHFOUZ
Matin de roses

464. FÉDOR DOSTOÏEVSKI
Le Bourg de Stépantchikovo et sa population

465. RUSSELL BANKS
Pourfendeur de nuages

466. MARC de GOUVENAIN
Retour en Ethiopie

467. NICOLAS VANIER
Solitudes blanches

468. JEAN JOUBERT
L'Homme de sable

469. DANIEL DE BRUYCKER
Silex

470. NANCY HUSTON
Journal de la création

471. ALBERTO MANGUEL
Dictionnaire des lieux imaginaires

472. JOYCE CAROL OATES
Reflets en eau trouble

473. ANNIE LECLERC
Parole de femme

474. FÉDOR DOSTOÏEVSKI
Les Annales de Pétersbourg

475. JEAN-PAUL JODY
Parcours santé

476. EDUARD VON KEYSERLING
Versant sud

477. BAHIYYIH NAKHJAVANI
La Sacoche

478. THÉODORE MONOD
Maxence au désert

479. ÉRIC LEGASTELOIS
Adieu gadjo

480. PAUL LAFARGUE
La Légende de Victor Hugo

481. MACHIAVEL
Le Prince

482. EDUARD VON KEYSERLING
Eté brûlant

483. ANTON TCHEKHOV
Drame de chasse

484. GÖRAN TUNSTRÖM
Le Voleur de Bible

485. HERBJØRG WASSMO
Ciel cruel

486. LIEVE JORIS
Les Portes de Damas

487. DOMINIQUE LEGRAND
Décorum

488. COLLECTIF sous la direction de JEAN-MICHEL RIBES
Merci Bernard

489. INTERNATIONALE DE L'IMAGINAIRE N° 14
Eros & Hippos

490. STEFANO BENNI
Le Bar sous la mer

491. FRANCIS ZAMPONI
Le Don du sang

492. JAMAL MAHJOUB
Le Télescope de Rachid

493. FÉDOR DOSTOÏEVSKI
Les Pauvres Gens

494. GUILLAUME LE TOUZE
Dis-moi quelque chose

495. HEINRICH VON KLEIST
Théâtre complet

496. VIRGINIE LOU
Eloge de la lumière au temps des dinosaures

497. TASSADIT IMACHE
Presque un frère

498. NANCY HUSTON
Désirs et réalités

499. LUC SANTE
L'Effet des faits

500. YI MUNYŎL
Le Poète

501. PATRÍCIA MELO
Eloge du mensonge

502. JULIA VOZNESENSKAYA
Le Décaméron des femmes

503. ILAN DURAN COHEN
Le Fils de la sardine

504. AMINATA DRAMANE TRAORÉ
L'Etau

505. ASSIA DJEBAR
Oran, langue morte

506. V. KHOURY-GHATA
La Maestra

507. ANNA ENQUIST
Le Chef-d'œuvre

508. FÉDOR DOSTOÏEVSKI
Une sale histoire

509. ALAIN GUÉDÉ
Monsieur de Saint-George

510. SELMA LAGERLÖF
Le Banni

511. PER OLOV ENQUIST
Le Cinquième Hiver du magnétiseur

512. DON DELILLO
Mao II

513. MARIA IORDANIDOU
Loxandra

514. PLAUTE
La Marmite *suivi de* Pseudolus

515. NANCY HUSTON
Prodige

516. GÖRAN TUNSTRÖM
Le Buveur de lune

517. LYONEL TROUILLOT
Rue des Pas-Perdus

518. REINALDO ARENAS
Voyage à La Havane

519. JOE BRAINARD
I Remember

520. GERT HOFMANN
Notre philosophe

521. HARRY MULISCH
Deux femmes

522. NAGUIB MAHFOUZ
Le Mendiant

523. ANNE BRAGANCE
Changement de cavalière

521. HARRY MULISCH
Deux femmes

522. NAGUIB MAHFOUZ
Le Mendiant

523. ANNE BRAGANCE
Changement de cavalière

524. ARTHUR SCHOPENHAUER
Essai sur les femmes

525. INTERNATIONALE DE L'IMAGINAIRE N° 15
Les Spectacles des autres

526. FÉDOR DOSTOÏEVSKI
Les Frères Karamazov (vol. I)

527. FÉDOR DOSTOÏEVSKI
Les Frères Karamazov (vol. II)

528. ANNE GUGLIELMETTI
Le Domaine

529. STEFANO BENNI
Bar 2000

530. ALAIN GRESH ET TARIQ RAMADAN
L'Islam en questions

531. YÔKO OGAWA
Hôtel Iris

532. WILLIAM KOTZWINKLE
Le Nageur dans la mer secrète

533. YASMINE CHAMI-KETTANI
Cérémonie

534. SÉBASTIEN LAPAQUE
Georges Bernanos encore une fois

Ouvrage réalisé
par l'Atelier graphique Actes Sud.
Achevé d'imprimer
en septembre 2019
par Normandie Roto Impression s.a.s
61250 Lonrai
sur papier fabriqué à partir de bois provenant
de forêts gérées durablement (www.fsc.org)
pour le compte
d'ACTES SUD
Le Méjan
Place Nina-Berberova
13200 Arles.

Dépôt légal
1re édition : mai 2002
N° impr. : 1903778
(Imprimé en France)